中公文庫

手習重兵衛

母　恋　い

鈴木英治

中央公論新社

目次

手習重兵衛

母恋い

第一章

一

白鳳《はくほう》の頃というから、およそ千二百年以上も前に建てられた神社だ。

境内《けいだい》にはまだ足を踏み入れていないものの、それだけの年月が持つ重みを、興津重兵衛《おきつじゅうべえ》はすでに感じ取っている。

白金総鎮守《しろがねそうちんじゅ》という扁額《へんがく》が掲げられている一の鳥居をくぐる前に、手を合わせた。隣でおそのも同じようにしている。

横顔が真剣だった。

重兵衛の視線に気づくと、照れたように笑った。目が柔和に垂れ、えくぼができる。その笑顔がかわいくてならない。

まいろうか、という意味で重兵衛はおそのにうなずきかけた。おそのが白い喉《のど》をこくりとさせる。

鳥居をくぐると、目の前に二十段ほどのこぢんまりとした石段があらわれた。

重兵衛は石段に足をかけた。ひんやりとした感触が足の裏に伝わる。

初夏のぎらつきを帯びはじめた陽射しが背中を焼き、全身がじっとりと汗ばんでいるというのに、さすがに歴史がある神社の石段はちがう。

重兵衛たちと同じようにじかに太陽にさらされているのに、日の光を吸いこんでしまうからくりでも備えているかのように、見事に冷たさを保っている。

故郷の諏訪《すわ》で有名な神社といえば、なんといっても上社本宮《かみしゃほんみや》、上社前宮《まえみや》、下社春宮《しもしゃはるみや》、下社秋宮《あきみや》という四つの社がある諏訪大社だが、重兵衛のなかで最も愛着がある神社は、主家だった諏訪家中の総鎮守となっている手長《てなが》神社である。

諏訪家の居城高島城の丑寅《うしとら》の方角に位置している手長神社の階段は二百三十段ともいわれ、重兵衛は幼い頃からのぼるたびに数えたものだが、いつもちがう段数だった。そして、あのおそろしく長い階段も常にひんやりとしていた。

少し遅れておそのが重兵衛に続く。息づかいが耳に届く。息づかいにもこの娘の持つ一所懸命さがあらわれているようで、重兵衛の心は和んだ。

「二十段ですね」

階段をのぼりきって、おそのがうれしそうにいった。気持ちよさそうに深く息を吸っている。

「俺も数えていた」

重兵衛は首をひねった。

「でも十九段だった」

えっ、とおそのが驚く。まじまじと見てきた。

「重兵衛さん……」

重兵衛はにこりとした。

「おそのちゃんは、俺がまちがっていると思っているんだな」

「いえ、そんなことは……」

おそのがうつむく。少し横に動いて、右側に置かれた狛犬《こまいぬ》の頭をぺしぺしと叩きはじめた。

「私、そんな失礼なことを思ったりしません」

重兵衛には、向き合っている一対の狛犬がびっくりしているように見えた。

「おそのちゃん、それは」

おそのが、あっ、と声をあげて狛犬をやさしくなではじめた。

「気づかなかったとはいえ、ごめんなさいね。許してね」

ああ、この娘らしいなあ。

重兵衛は、そんなおそのの姿をほほえましく見守った。

「おそのちゃん、狛犬というのがどういうものなのか、知っているかい」

おそのが狛犬の頭と顔をいとおしむようにさすってから、重兵衛に向き直った。

「神社の守り神ではないか、と思っていました」

「魔除《まよ》けの力があるそうだから、守り神の意味もあるのだろう。だから、こうして二の鳥居のそばに置かれている。本殿を守っているのではないかな」

重兵衛は、注連縄《しめなわ》のかかった鳥居を見あげた。一の鳥居ほどの高さはないが、なかなかの荘厳さを醸している。

「狛犬はたいていこうして片方が口をあき、もう片方は口を閉じている」

「阿吽《あうん》像と一緒ですね」

「その通りだ。ときに、阿吽の形を取っていない狛犬もいるそうだ」

そうなのですか、といって、おそのが左側の狛犬を見つめる。威嚇《いかく》するように大きく口をあけているが、参拝客を気づかうようなやさしげな色も垣間見える。三つに割れたたっぷりとしたしっぽがつんと上にあがり、狐を思わせる。

「何度見ても、犬のようには見えぬな。それなのにどうして狛犬というのかというと、もともとは、犬ではなく獅子《しし》らしく、狛犬の狛は高麗《こま》だというから、獅子のことをほとんど知らない日本の者たちが、向こうの国ではこういう生き物を守り神として飼っているともきいて、頭のなかで想像してこの形を造りあげたのかもしれぬ。最初は、左が獅子で右側が狛犬ということだったらしいが、いつしか両方とも狛犬と呼ばれはじめたようだな」

　重兵衛は言葉を続けた。

「ここのは石造りだが、木で造られた狛犬もあるそうだ。なかには銅などで造られたものもあるらしい。それと、昔の宮中では、いや、今もそうなのかもしれぬが、御簾《みす》や几帳《きちょう》などが揺れぬようにするための押さえとして用いられたともきく」

「そうなのですか。宮中で」

　おそのが、まぶしそうな視線を重兵衛に当てる。

「重兵衛さんは、物知りでいらっしゃいますね」

「それほどでもないさ」

　おそのにほめられて重兵衛は照れた。

「しかし、階段の数はまちがえた。これは、幼い頃からうまくいったためしがない」

「そうだったのですか」

おそのがうしろをそっと振り返る。

「でも、階段の段数など、どうでもいいことですね」

「そういってもらえると、ありがたいな」

しかし、今度来たらまた数えてみよう、と重兵衛は心に決めた。

二の鳥居をくぐり抜けた二人が足を踏み入れたのは、白金氷川《ひかわ》神社の境内である。

左側にある手水舎《ちょうずや》で手を洗い、口をすすいだ。

二人は、凜々《りり》しさを感じさせる本殿の前に立った。

賽銭《さいせん》を投げ、二礼二拍手一礼する。

重兵衛は一心に祈った。考えることは、故郷に置いてきた母のことである。

もっとも、今は松山輔之進《まつやますけのしん》という若者が興津家の養子に入り、吉乃《よしの》という娘を妻にしている。

輔之進は剣の天才だが、ふだんは物静かで気持ちのやさしい男だ。吉乃は家事などろくにできない女だが、心根が美しく、頭のめぐりのよい娘である。母からいろいろと教わり、きっと賢妻になるにちがいない。母にも孝養を尽くしてくれるはずだ。

母や家のことは輔之進と吉乃にまかせておけばよい。勝手にすぎるだろうか。

重兵衛は目をあけ、横に目をやった。

おそのはまだ両手を合わせたままだ。それを見て重兵衛もまた目を閉じた。

故郷の諏訪からここ白金村に帰ってきて、はや一月がすぎようとしている。

帰ってきた当初は、すぐにおそのを妻に迎えるつもりでおり、白金村の村名主をつとめる父親の田左衛門《たざえもん》に申しこもうと考えていた。

だが、戸数七十ほどにすぎない白金村の者たちが半月近く、毎晩毎夜、重兵衛の歓迎の宴をひらいてくれたことで、なんとなくその機会を逸した形になっていた。宴の席で田左衛門とは顔を合わせるのだが、そういう場では、やはり婚姻《こんいん》のことはいいだしにくかった。

次はいおう、今度は必ず申しこもうと思っているうちに、日がずるずるとたってしまったのである。

ここ最近、村人たちの宴も一段落ついている。酒も久しぶりに抜けた。

おそのもこういう日を待っていたらしく、白金氷川神社の参詣《さんけい》に重兵衛を誘ってきたのである。

次こそはかならずうまくいきますように。

重兵衛は心の底から願った。

気づくと、おそのが興味津々な顔で見ていた。

「ずいぶんと長く祈っていらっしゃいましたね」

「うむ。おそのちゃんもな」

おそのも、きっと同じことを祈っていたのではないか。

「この氷川神社は、日本武尊《やまとたけるのみこと》を祭神としているそうですよ」

「ほう」

日本武尊といえば、第十二代の景行《けいこう》天皇の御子で、古事記では倭建命と記されている。千七百年以上も前の武人で、父に命じられて大和国を出立、九州や出雲《いずも》、東国へと遠征を行い、蛮野の者たちを平定した英雄として知られる。

東征の際に、自身のために入水した妃のことを思いだし、『吾妻《あづま》はや』と嘆き悲しんだ。それ以降、東国は、あずまと呼ばれるようになったという。

おそのが言葉を継ぐ。

「この氷川神社は、日本武尊が遠く大宮の氷川神社を拝まれた地だから、という理由でここに建てられたそうです。そんな所縁があるようですよ」

東征のときに、この地に立ち寄ったということであろう。大宮の氷川神社は、武蔵国《むさしのくに》にある氷川神社の総本社であるときいている。

氷川神社自体、日の本の国中に建てられているものと思っていた。だが、ほとんどすべてが武州にあるとのことだ。このことは重兵衛自身、最近知ったばかりである。

「もともと氷川神社というのは、神話に登場するスサノオノミコトを祭神にしているそうですよ」

スサノオはイザナギ、イザナミの子といわれ、なんといっても、ヤマタノオロチを退治したことで知られる。ヤマタノオロチの伝説も、日本武尊が足跡を刻んだ出雲国のことであると、重兵衛は記憶していた。

「おそのちゃんも物知りだな」

「いえ、それほどでもありません」

先ほど重兵衛が返した言葉を真似《まね》て、おそのがいった。

重兵衛はにこやかに笑った。おそのも慎ましやかな笑顔を見せた。

「重兵衛さんにほめてもらったから、調子に乗ってもっといってもいいですか」

「もちろんだ」

「江戸には、七氷川と呼ばれるものがあるんです」

「ほう、そうなのか。では、この氷川神社もそのうちの一つなんだな」

おそのがいたずらっ子のように笑んだ。

「ところが、さにあらず」

「えっ、こんなに立派なのに、入っていないのか」

「そうなんです」

おそのが一転、残念そうにいう。

「白金の総鎮守だというのに、七氷川には数えられていないんです」

「そうなのか。白鳳の頃に建てられて、歴史もあるのにな」

「ええ、そうなんですよ」

おそのが頬《ほお》をふくらませていう。そんなところも愛らしい。

「このあたりでは、一番古い氷川神社らしいんですよ。それなのに、そんな理不尽な扱いを受けているんです。七氷川を選んだ人に、私は直談判したい」

「気持ちはよくわかるよ」

重兵衛は穏やかな口調でいった。

「誰が選んだのだろう」

「なんでも『望海毎談《ぼうかいまいだん》』という書物に記されているそうです」

初めて耳にする書物だ。

「誰がいつ書いたんだい」

「それが、作者が誰なのか、わかっていないんだそうです。書かれたのが百年ばかり前というのは、はっきりしているそうなんですけど」

「作者不明か。それは残念だ」

重兵衛は、さほど広いとはいえない境内を見渡した。

「さっきおそのちゃんは、このあたりではここが一番古い氷川神社といったけど、近くにほかに氷川神社があるのかい。武蔵国に、かなりあるのはきいているけど」

おそのによると、赤坂御門外の氷川神社と麻布《あざぶ》一本松の氷川神社があるそうだ。

「その二つは七氷川に入っているんだね」

「はい。ここより歴史は浅いそうですけど」

そうか、と重兵衛は少し悔しそうなおそのをじっと見た。

「江戸七氷川というと、あとの五つはどこにあるんだい」

それですか、といっておそのがこくりとうなずく。

「ここからほど近い今井町《いまいちょう》の盛徳寺《せいとくじ》。下渋谷《しもしぶや》の氷川神社、巣鴨《すがも》の簸川《ひかわ》神社。そのほかに、羽根田村や萬年寺山というところにもあると『望海毎談』には記されているそうです」

「羽根田村と萬年寺山というのは、どこにあるんだい」

おそのが首をかしげる。

「『望海毎談』には江戸の旧跡や故事などが語られているそうですけど、萬年寺山のほうは『又北の方にては上水のはたなる萬年寺山の社』と書かれているそうです。羽根田村のほうは、『新堀近きところの社』としか記されていないそうです」

「上水というと、江戸では神田上水と玉川上水か」

「はい。昔はそのほかにもあったそうですけど、八代将軍の吉宗《よしむね》さまの頃に廃されたそうですね」

「江戸六上水だな。それなら俺も知っている。まだ侍だったとき、参勤交代で出府する前に、憬《あこが》れの町ということで、俺はわくわくしてならなかった。そのとき、江戸のことは熱心に調べた」

「重兵衛さんも、江戸に憬れていらっしゃったんですか」

「十代の終わりの頃だ。どこにでもいる若侍の一人だったゆえ」

重兵衛は軽く咳払いした。

「六上水のうち神田上水と玉川上水以外の四つは、本所、千川、青山、三田にあったそうだな。公儀が廃した理由というのは、はっきりしていないそうだ。表向きの理由は上水が火事を起こすから、ということらしい。しかし上水が火事につながるなど、ふつうに考えてあり得ぬゆえ、真の理由は公儀の台所事情にあるらしい。上水の維持がたいへんだったのだろう」

それはわかります、とおそのがいって深くうなずいた。

「樋《とい》に蓋《ふた》がされずに流れているようなところでは、番小屋にいつも人が詰めています。近所の者や通りがかりの者がごみを捨てたり、お小水をしたりしないように、厳しい目で見張りをしていますから」

「上水が六つもあれば、そういう人たちに支払わねばならぬ費えも相当の額にのぼるだろうな」

重兵衛はおそのに視線を当てた。

「北の方の上水というと、関口の大洗堰《おおあらいせき》があるほうをいうのかな」

「おそらくそうだと思います。玉川上水は四ッ谷のほうからですから、北のほうとはいえないでしょう」

「はたなるというのは傍なる、ということだろうな。神田上水のそばにある氷川神社ということか」

「そうだと思います。もう一つの羽根田村というのも、どこなのか、私にはわかりません。場所すらよくわからないところに、うちの村の神社は負けているんですね」

「そんなに残念がることはないさ。村人が大事にしている点でいえば、七氷川もはるかに及ばないだろう。境内のこの美しさはどうだ。塵《ちり》一つ落ちておらぬ」

重兵衛は細い肩を軽く叩いた。

「おそのちゃん、腹が減っていないか」

おそのがうれしそうに見あげる。

「実をいうと、ぺこぺこなんです」

刻限は昼をすぎている。重兵衛の生業《なりわい》は手習師匠だが、今日、手習所は休みである。だいたい六日に一度くらい休みがある。

「蕎麦切《そばき》りでいいかい」

「はい、大の好物ですから」

白金村には狸《たぬき》蕎麦という蕎麦屋があるが、そこではなく、重兵衛たちは新しくできた蕎麦屋に行った。

一九庵《いっきゅうあん》という蕎麦屋で、おそのによると、まだできて一年たっていないそうだ。

白金氷川神社から、ほんの三町ばかり南に行ったところだ。杉の木立に囲まれた小道を半町ほど進むと、不意に陽射しがあふれる場所に出る。そこにゆったりとした感じで、店はひらかれていた。

柱や梁《はり》には古木が用いられ、落ち着いた雰囲気が醸しだされている。ひときわ目を引くのは、大黒柱の太さだ。高い天井を貫くようにそびえるさまには圧倒される。重兵衛が両手をまわして抱えこんでも、指はつかないだろう。

店のなかは、細い土間の両側に小上がりが並び、奥に十畳ほどの座敷がしつらえられている。

座敷は遊山に来たとおぼしき一団が陣取っていたので、重兵衛たちは小上がりに腰をおろした。

重兵衛はざる蕎麦を二枚、頼んだ。おそのはかけ蕎麦だ。

店はほぼ一杯だったが、さほど待つことなく蕎麦切りはもたらされた。

蕎麦は新蕎麦がうまいというが、ここのは暑くなってきた今でもとてもおいしい。少し太めに切られたざる蕎麦は香り高くて喉越しがすばらしいし、だしのきいたつゆも実にこくがある。蕎麦猪口《ちょく》でいただく蕎麦湯は最高だ。

おそのにわけてもらったかけ蕎麦はどんな秘訣があるのか、さほど濃いつゆではないのに、蕎麦切りによく絡み、箸《はし》で手繰《たぐ》ってすすりあげると、得もいわれぬ旨《うま》みが口中に広がる。

鰹節《かつおぶし》や昆布だけでなくいろいろなだしが含まれているようだ。これは店の者が必死に工夫して編みだしたものだから、きいても教えてもらえないだろう。

それがわかっているから、重兵衛はたずねたことはない。それはおそのも同じだろう。

二人はすっかり満足して一九庵を出た。

「おいしかったあ」

杉木立の道を歩きはじめて、おそのが感極まったような声をあげた。

「まことだな。一九庵の蕎麦切りは絶品といってよい」

「近くにこんなにおいしいお蕎麦屋があるのは、幸運なことですね」

「うん、恵まれているといってよいな」

杉木立の道を抜けた。梢を揺るがして、途端にいい風が吹き渡りはじめた。さわさわと枝が軽やかに鳴る。

わずかに灰色を帯びた薄い雲がひとかたまりになって、北へ流れてゆく。太陽をさえぎる位置にはおらず、飛ぶ鳥たちも気持ちよさそうに羽をきらめかせている。

「そろそろ戻ろうか」

重兵衛はおそのにいった。

はい、とおそのが寂しげに答える。

重兵衛自身、もっと長く一緒にいたかったが、村名主の娘を暗くなるまで引っぱりまわすわけにはいかない。日が高いうちに屋敷に送り届けなければならない。

日は傾きだし、だいぶ日の力はやわらいでいる。穏やかな陽射しを浴び、二人はのんびりと歩いた。籠《かご》を担いだ百姓たちとすれちがう。誰もが挨拶《あいさつ》してくる。重兵衛はにこやかに返してゆく。

——むっ。

不意に、重兵衛はどこからか視線を感じた。

なんだ。

諏訪から戻ってきて、誰かから見られていると思ったのは初めてだ。

——どこから見ている。

重兵衛は顔を動かすことなく、視線の主を探した。

どうやらうしろからだ。害意はほとんど覚えない。

「どうかされましたか」

おそのが不思議そうにきいてきた。

「うん、なにか見られているような気がしてならぬ」

「えっ、誰にですか」

「それがわからぬ」

「どこから見られているんですか」

「おそのちゃん、さりげなくうしろを見てくれぬか」

おそのが手ふきを取りだし、汗をふきはじめた。それを手から滑り落ちたようにはらりと落とす。

あっ、と声を発したおそのがくるりと体を返し、腰をかがめる。一度、二度、手ふきを拾い損ねているふりをした。

三度目で手ふきを拾いあげ、懐にしまう。ささやきかけてきた。

「遊山の人もいれば行商人、散策に出てきたご隠居、近くの町の女房らしい人、籠を担いだお百姓。いろいろな人がいます。でも、重兵衛さんに視線を当てている人はいないように思いました」

そうか、と重兵衛は静かにいった。

「ありがとう」

すでに視線は消えている。

そのまま重兵衛たちは歩き続けた。緑の濃いなだらかな草原が広がっている。風は、草をなでるようにゆったりと流れている。

あと半町足らずでおそのの家というところまで来たとき、うしろから、たたた、という足音が耳を打った。

まちがいなく重兵衛を目当てに駆け寄ってきている。しかし殺気は感じない。

「興津重兵衛っ」

女の声だ。

重兵衛はゆっくりと振り返った。おそののほうが振り向くのは早かった。

一間ほどをへだてて立っている女は、若かった。すっきりとした立ち姿だ。名を呼びかけられたが、重兵衛に見覚えはない。

目は勝ち気につっており、眉《まゆ》は墨で描いたように太い。鼻筋が通り、下唇がやや厚くて出っぱっているが、それが愛嬌となり、勝ち気さを幾分か和らげている。

黄八丈《きはちじょう》の袖が風をはらみ、白い二の腕がのぞいた。

「興津重兵衛っ」

もう一度いわれた。瞳《ひとみ》が太陽を宿したようにきらきらと光っている。

重兵衛は見つめ返した。女の右の頬にあざらしいものがあるのに気づいた。小判の半分ほどの大きさだ。

あれは殴《なぐ》られた跡なのか。

見も知らない女ににらみつけられているときなのに、重兵衛はそんなことを考えた。

「呼び捨てにされるような覚えはないが、おぬしは誰かな」

「知らぬとはいわさぬ」

有無をいわせない口調でいって、女が帯に差してある短刀を引き抜く。切っ先を向けてきた。日をはね返して、刀身がぎらりと獰猛《どうもう》な光を帯びた。

おそのがびくっとし、うしろに下がりかけた。それでも一所懸命に我慢して、その場にとどまり続けようとしている。それがけなげだった。

重兵衛はおそのの前に出た。女が体の向きを変え、重兵衛と相対する。

「きさまが手にかけた山岡潮《やまおかしお》右衛門《えもん》の妹、加代《かよ》だ」

おそのがびっくりして重兵衛を見る。本当ですか、とその顔はきいていた。

「ちょっと待て」

重兵衛は首を振ってみせた。

「その山岡という者、俺は知らぬ」

「とぼけるな」

加代と名乗った女が声を荒らげる。

「興津重兵衛は我が兄潮右衛門を斬って、国元を逐電したではないか」

確かに国元を逐電したことはある。だが、それは最も親しい友を誤って殺してしまったからだ。山岡潮右衛門という男を斬ったからではない。

「人ちがいだ」

重兵衛は諭すようにいった。

女が短刀を構えた。切っ先が鋭く日の光をはね返す。

「興津重兵衛という名が、そうそうあるとは思えぬ」

「そうかもしれぬが、決して二人とおらぬ名ではない。おぬしの国元というのは、どこなのだ」

「問答無用っ」

加代という女が斬りつけてきた。武芸の心得はほとんどないようで、短刀とはいえ、鋭さとはまったく無縁だ。

「待て」

重兵衛は無造作に女の手首を左手でつかんだ。やわらかな手で、しなやかな肌はかすかな湿り気を含んでいる。

「放せっ」

加代がつかまれた腕を上下させて、必死にあらがう。

「放せっていってるだろう」

目尻は引きつり、目は血走り、頬は熟れたように紅潮している。

「冷静になれ」

重兵衛は真摯《しんし》にいいきかせた。うしろでおそのがはらはらしている。

重兵衛はあいている右手で、加代の短刀をもぎ取った。

「よいか、人ちがいだ。俺は本当に山岡という者は知らぬ」

「知らぬはずがない」

加代がにらみつける。怒った猫のような目をしていた。必死に重兵衛から逃れようとするが、体は華奢《きゃしゃ》で力はない。

短刀を口にくわえた重兵衛は、加代の帯から鞘《さや》を抜き取った。短刀を鞘におさめ、それを自分の腰に差した。

「ここではなんだ、どこかでちゃんと話をせぬか。誤解を解かねばならぬ」

いつしかまわりには野次馬が二重の垣をつくり、興味深げな視線を重兵衛たちに向けてきている。子供もまじっている。重兵衛の手習子もいるかもしれなかった。

「話などしないわよ」

加代が口を大きくあけていう。

「誤解なんかじゃないんだから」

「そういうわけにはいかぬ。おぬしは人ちがいをしている。そのことを、落ち着ける場所で話をし、はっきりさせねばならぬ」

場所としては自身番がいいのだろうが、白金村にはない。

「重兵衛さん」

それまで黙っていたおそのが、呼びかけてきた。

「うちに行きましょう」

加代の腕をつかんだまま、重兵衛はおそのを見た。村名主の家だけに、話をきくのに都合のいい部屋はいくらでもあるだろう。

だがその前に、田左衛門たちに迷惑をかけられぬという思いが真っ先に浮かぶ。

重兵衛の遠慮を見て取ったおそのが言葉を継ぐ。

「うちはすぐそこですし、道を戻るより、ずっといいのではないかと思います」

その通りだな、と重兵衛は思った。ここから手習所に行くより、おそのの言葉にしたがったほうが、野次馬の好奇の目にさらされる時間も少なくなる。半町ほど先に門が見えているのだ。

「かまわぬのか」

それでも重兵衛はいった。

「ええ、是非、おいでください。おとっつあんに立ち合ってもらったほうが、私はいいような気がします」

おそのの父親の田左衛門は穏やかな人柄で、人の話もじっくりときいてくれる。物事に公平な判断をくだすすべも持ち合わせており、村名主として最もふさわしい人物といってよい。

「二人で勝手に決めるんじゃないよ」

加代が重兵衛とおそのを交互に見て、毒づく。

「私がどこへ行くかは私が決めるのよ。早くこの手を放しなさい」

重兵衛は無視した。痛くない程度に力を入れ、加代を引っぱりはじめた。

「ちょっとなにするのよ」

加代はおそのの家に着くまで、放しなさいよ、放さないと承知しないわよ、後悔するわよ、いい死に方しないわよ、とずっと叫び通しだった。

村名主の家といっても、門は両側に木の柱が立っているにすぎない。敷き詰められたように平らな赤土が続く正面に母屋が建ち、右手に奉公人たちの長屋がある。左側には納屋があり、馬や牛のいる厩《うまや》や牛小屋がその先に並んでいる。

騒ぎをききつけて、牛や馬の世話や農機具の手入れ、修繕をしていた奉公人たちがわらわらと出てきた。

「お嬢さん、いかがされました」

しわ深い初老の男がきく。

「五之助《いつのすけ》さん、おとっつあんはどこにいるの」

「旦那さまは母屋にいらっしゃいます。書見をされているようですよ」

ありがとう、といっておそのが重兵衛をこちらへ、と導く。

重兵衛は、加代の腕を持つ手に若干の力を加えた。

「痛くはないか」

「痛いに決まっているじゃないの」

加代が顔をしかめる。

「すまぬな。もう少しの辛抱ゆえ、堪忍してくれ」

おそのが、横に長い母屋をまわりこむように進み、日当たりのよい端の部屋の前にやってきた。

濡縁《ぬれえん》が設けられ、沓脱《くつぬ》ぎに雪駄《せった》がきっちりとそろえて置かれていた。

あけ放たれている腰高障子の向こうに、文机を前に腰をおろしている田左衛門の姿があった。こちらに横顔を向けており、重兵衛たちに気づかない。騒ぎ疲れたのか、加代は黙りこんだままだ。

おとっつあん、とおそのが声をかけた。田左衛門が書物を閉じ、こちらを向く。

「おその、重兵衛さん」

加代に気づいて、わずかに首をかしげた。

「そちらの娘さんは」

おそのがどういうことがあったのか、説明する。

「兄の仇討《あだうち》……」

ゆっくりと立ちあがった田左衛門が、物問いたげな視線を重兵衛に当ててきた。

「重兵衛さんは心当たりがなく、人ちがいだとおっしゃっているの。それで、ゆっくりできる場所で話をききたいとおっしゃるから、私がこちらにお連れしたの」

そういうことか、といったものの、まだ納得しかねている様子の田左衛門だったが、こちらにどうぞ、と重兵衛をうながした。

重兵衛は加代を引っぱり、沓脱ぎの手前で雪駄を脱いだ。

あっ、という目をして、加代がまじまじと重兵衛を見る。

「どうかしたか」

「ううん、なんでもないよ」

加代が静かに沓脱ぎにのった。左手を使って自分で履物を脱ぐ。加代は塗木履《ぬりぼくり》を履いていた。柾目《まさめ》のものだ。

「こちらへ」

田左衛門が先に立ち、重兵衛を案内する。加代はしぶしぶついてくるが、先ほどよりだいぶ落ち着いてきている。腕から力が抜けてきていた。

「こちらはいかがですか」

長い廊下を南に向かって進んだ田左衛門が足をとめ、腰高障子をあける。

そこは八畳間だった。書院とでもいうべき造りで、床の間があり、墨絵の風景画の掛物が下がっていた。

西側から斜めの陽射しが障子を照らしているためにさして暗くはないが、どこか夕暮れのような色が漂っている気がするのは、黒がやや濃い柱や壁のせいか。

「こんなにきれいな部屋を使わせてもらってもよろしいのですか」

重兵衛は田左衛門にたずねた。

「もちろんでございますよ」

田左衛門が目尻に穏やかなしわを刻んで答える。

「存分に使ってくだされ」

「では、ありがたく」

重兵衛は辞儀し、加代を部屋に入れた。加代は素直に敷居を越えた。重兵衛が腕を放すと、そっと正座した。

重兵衛は向かいに腰をおろした。おそのと静かに腰高障子を閉めた田左衛門が、背後に座を占める。

「では、きくぞ」

重兵衛は加代に告げた。

「歳《とし》はいくつだ」

答えはない。だいたい二十代半ばに感じる。

「武家なのか」

物腰は武家ではなく、町人としか思えないが、重兵衛のことを山岡潮右衛門という兄の仇とはっきりいった。町人や百姓でも名字帯刀が許されている者がいるが、そういう類《たぐい》の者なのか。

黄八丈を身につけていることから、金に不自由してはいないようだ。柾目の塗木履は、板目のものよりも上等であると耳にしたことがある。

故郷はどこだ。いつ故郷を出てきた。山岡潮右衛門というのは、何者だ。

重兵衛は立て続けにきいたが、加代はだんまりを決めこんでいる。

「着物は旅塵《りょじん》にまみれておらず、旅姿というわけでもないようだが、仇を探してどのくらい旅を続けてきた」

　加代が伏し目になる。

「もう一度きくぞ。俺の名は興津重兵衛だ。仇がこの名でまちがいないのか」

　顔をあげた加代は、よく光る目で重兵衛を凝視しているだけだ。

「もうまちがいに気づいているのではないのか」

　加代は口を引き結んでいる。意地でもひらかない、という意志が見て取れる。

　どういうことだろう。

　重兵衛は心中で首をひねった。

　先ほどまでは騒がしいほどだったのに、この沈黙はいったいなんなのか。わけがわからない。

　重兵衛は加代をじっと見た。加代がひるむことなく見返してくる。

「そのあざはなにかな」

　仇として狙われたとはいっても、所詮《しょせん》まちがいに決まっている女性《にょしょう》に、こういう容姿に関することをききたくはなかったが、なにかの手がかりになれば、と重兵衛は口にした。

　加代がはっとし、右の頬に手をあわてて置く。しかしそれだけで、口をあけようとはしなかった。

なにかわけありなのはわかったが、それだけでしかない。加代が右手をおろし、あざをさらすようにした。見るなら見れば、という気持ちが感じられる。

なかなか気の強いおなごよな。さて、どうすればいいだろう。

「重兵衛さん」

うしろから田左衛門が呼びかけてきた。

「埒《らち》があかないようですね」

重兵衛は田左衛門に向き直った。加代が逃げだす気づかいはなさそうだ。

「念のためにおききしますが、重兵衛さんに心当たりはないのですね」

「はい」

おそのは重兵衛を信用しきっている顔で、当たり前でしょ、という表情をしている。手習子のお美代《みよ》なら、おとっつあん、どうしてそんなことをきくのよ、というかもしれなかった。

「では、解き放ちますか。勘ちがいでしかないのでしょう。この加代さんという娘さんが黙っているのも、まちがいに気づいたからでしょう」

「まちがいなどではない」

加代が顎《あご》をあげ、どすのきいた声でいきなりいった。

「私は興津重兵衛を仇として必ず討つ」

力強く宣した。

「これでは仕方ありませんね」

田左衛門がつぶやく。

「お役人を呼びましょう」

「でもおとっつあん、誤解でしかないのですから、そこまでやる必要はないのではありませんか」

「しかし、おその」

「お役人を呼ぶなんて、いくらなんでも大袈裟すぎます」

おそのが加代に向き直る。

「加代さん、住まいはどちら」

加代は、きこえていないような顔をしている。

「もしかしたら、行くところがないんじゃないんですか」

おそのが明るい声で続ける。

「もう夜も近いようですし、今宵はこちらに泊まったいただけばよろしいのではないですか。明日になれば、加代さんも誤解であるのが、はっきりとおわかりになるのではありませんか」

「ここに泊めるのか」

田左衛門が驚いていう。それは、重兵衛も同じ気持ちだった。

「おとっつあんはいやなの」

「いやということはないさ。おまえが泊めたいなら泊めてあげてもいい」

おそのがにっこりする。その笑顔を見て、田左衛門が頬をゆるませた。目尻が下がり、でれっとしている。

「この部屋でいいかな」

田左衛門が加代にたずねる。加代は目を向けただけで、なにもいわない。

「じゃあ、ここに決めるよ」

温厚な田左衛門が少し苛立ったようにいった。

「勝手にしな」

ぼそりといい、やっとしゃべったか、と重兵衛たちは目をみはったが、結局、また加代はだんまりに戻ってしまい、二度と口をひらくことはなかった。

白金堂という看板が、ぼんやりと浮かびあがる。

ただいま戻った、と看板に語りかけるようにいって重兵衛は提灯《ちょうちん》の火を消した。

入口の戸をあける。少しがたついたが、さほどの力も入れずに横に滑っていった。

建物のなかには生ぬるさが居座っているが、流れこんだ涼しい風に徐々に押しだされてゆく。風には、田んぼの冷涼なにおいが色濃く含まれている。

子供に手習を教える広々とした教堂の横を通り、居間に足を踏み入れた重兵衛は行灯《あんどん》に灯を入れた。

ごろりと横になり、腕枕をした。

天井に宗太夫《そうだゆう》の顔を思い浮かべる。柔和でやさしげな目が重兵衛をそっと見つめ返す。

もともとここで手習所を営んでいたのは、宗太夫という男だった。故郷の諏訪を出奔した重兵衛がこの近くで行き倒れになったところを助けてくれたのである。

しかし、宗太夫は不慮の死を遂げ、その仇を討った重兵衛がこの手習所を継ぐことになった。

まさかこの俺が、江戸で手習師匠になるとはな。

こんな運命が待っているとは、剣の稽古にひたすら励み、出仕をはじめてからはまじめに仕事をこなしていた諏訪では思いもしなかった。

それにしてもあの女は何者なのか。

二十代半ばという見こみにまちがいはなかろう。

二十四の重兵衛と似たような歳といってよい。

仇というのはどういうことか。山岡潮右衛門という男に知り合いはいない。重兵衛が斬ったということはあり得ない。

しかし、兄の仇をまちがえるだろうか。偶然、同じ名の男だったのか。

今のところはそれしか考えられない。

加代は今、田左衛門の屋敷にいる。別に縛られているわけではないから、逃げようと思えば逃げられる。

厄介払いというわけではないが、過ちに気づいて出ていってもらったほうがいい。それで十分だった。

重兵衛は立ちあがり、庭に出た。井戸で顔を洗う。

すでに腹は一杯だ。田左衛門の屋敷で、おそのの心尽くしをたっぷりといただいた。

田左衛門の妻はすでに亡い。病を得て、亡くなったときいている。その後、田左衛門は後妻を迎えることなく、今に至っている。

もしおそのが重兵衛のもとに嫁いだら、女手を入れることになるのだろう。娘のつくる心のこもった料理を口にできなくなるのは残念なのだろうが、それでよいと思っている節が田左衛門にはある。

重兵衛は居間に戻った。行灯を手に隣の部屋に移る。

こちらが寝所になっている。行灯を隅に置いた。あまりきれいとはいえない壁が浮かびあがる。重兵衛は掻巻《かいまき》に着替えようとした。腰に差してある短刀に気づく。

返すのを忘れていたな。

田左衛門の屋敷にまだいるだろうか。すでに抜け出たとしても、また顔を合わせそうな気がする。そのときに渡せばいいだろう。短刀を枕元に置いた。

布団を敷く。横になり、目を閉じると、心と体が解き放たれてゆく。ため息が出るほど気持ちよい。このまま眠ってしまいそうだ。

それではいけないよ、とばかりに、じじ、と行灯が音を立てる。目をあけると、黒い煙が天井に向かって這《は》いあがってゆくところだった。天井にぶつかる前に薄くなり、消えていった。

重兵衛はうつぶせになり、行灯を吹き消した。

闇が覆いかぶさってくる。重兵衛は仰向けになり、目を閉じた。

おそのの顔を思い浮かべる。幸せな気分に包まれたが、唐突に加代の顔が取って代わった。

いったい何者なんだ。

語りかけたが、昼間の疲れもあるのか、重兵衛は眠りの海に向かって船を漕ぎだしはじめていた。


眠りが浅くなったのを、重兵衛は感じた。

家のなかで、なにか物音がしたせいだ。

目をあけた。部屋のなかは暗い。しかし、闇に目が慣れているということだけでなく、ほの明るい。

夜明けはまだのようだが、だいぶ近くなっているのは確かだろう。ぐっすりと眠ったのだ。

しかし、今の物音はなんなのか。台所のほうだったような気がする。

重兵衛は立ちあがり、刀架にかけてある刀を手にしたが、思い直した。手ぶらで腰高障子を横に引いた。廊下がうっすらと目に入る。床板が暗い川のように見える。

重兵衛は廊下を歩きだした。ぎし、と床板が鳴ったが、気にしない。

重兵衛は台所につながる土間に降りた。暗闇の幕が引かれているが、どこからか忍びこんでくる明るさに薄まりつつある。

重兵衛は台所をのぞいた。

——やはり。

そこにいたのは加代だった。おぼろげながらも姿が見えている。きのう着ていた黄八丈の小袖をまとい、台所をうろうろしている。

田左衛門の屋敷を抜け出てきたのだ。こうして台所にいるのは、毒でも飼おうとしているのか。

加代が包丁を手にした。

あれが目的だったのか。これから重兵衛の寝所に向かうつもりなのか。

加代はしゃがみこみ、水のためてある甕《かめ》のあたりをごそごそやっている。なにかを手にして、背筋を伸ばした。

——なんだろう。

重兵衛は目を凝らした。どうやら菜の類を持っているようだ。あそこの籠のなかに、手習子の親たちからもらった青物がたっぷりと入っている。

なにをしようというんだ。料理をつくろうというのか。腹ごしらえをする気なのだろうか。

しかし、加代もおそのの心尽くしを胃の腑におさめている。いっさい遠慮を見せることなくぺろりですよ、と田左衛門があきれたようにいっていたから、たらふく食べたのはまちがいない。

とはいっても、じきに朝がくるから、腹が空いたのだろうか。だが、田左衛門の屋敷を抜けだささずにいれば、朝餉《あさげ》は食べさせてもらえたはずだ。

加代は包丁を使って、青物を刻みはじめた。小気味よい音が響く。

あんなにいい音は、だいぶ包丁が達者になってきたといっても、自分にだせるものではない。

重兵衛は見とれている自分に気づいた。

おのれを叱りつけた。見とれているうちに、加代の姿がさらにはっきりとしてきた。入りこんでくる光の量が増している。

「なにをしている」

重兵衛は加代に言葉を投げた。驚くかと思ったが、案に相違して加代はそこに重兵衛がいたのを知っていたかのように、冷静だった。

「重兵衛さん、おはようございます」

ていねいに辞儀した。

「ああ、おはよう」

重兵衛は空咳《からせき》が出てきた。

「大丈夫ですか」

加代が駆け寄ってくる。

「平気だ」

重兵衛は、目の前で立ちどまった加代をじっと見た。まったく悪意のない、きらきらとした瞳をしている。昨日の怒った猫のような目とはまったく異なる。

「なにをしている」

もう一度、同じ言葉を繰り返した。

「なにって、朝餉の支度をしているんですけど。——ああ、そうだ」

加代が重兵衛を見つめてきた。

「お米はどこにあるんですか」

「米ならそこに」

重兵衛は手を伸ばしかけて、とどまった。

「どうしておぬしがここで朝食の支度をしなければならぬ」

「あら、だって、お詫びの印です」

「お詫びだと」

そうですよ、と加代がいった。恥ずかしそうに目を伏せる。

「仇討のことなんですけど、あれは、私の勘ちがいでした。ごめんなさい。重兵衛さん、許してね」

あっけらかんといったから、重兵衛は腰が抜けるほど驚いた。

「どうして勘ちがいとわかった」

なんとかつっかえずにいえた。

加代が滔々《とうとう》と話しはじめる。

「田左衛門さんのお屋敷で一晩寝て起きたら、ああ、ちがうわ、兄の仇は興津重兵衛さんじゃなかった、私ったらいったいなにを勘ちがいしていたのかしら、まったく馬鹿な女ね、と気づいたんです」

この女はなにをいっているのだろう。

他国の強い訛《なま》りの言葉を耳にしているかのように、重兵衛には解することができなかった。

「ああ、そうだ。重兵衛さん」

加代がにっこりする。

「私のことは、お加代と呼んでね。お加代ちゃんでもいいわよ」

二

目の前に膳がある。

重兵衛は戸惑《とまど》いを覚えつつ、見おろした。

味噌汁から立ちのぼる鰹だしのいいにおいが、鼻先にまとわりつく。蕗《ふき》らしい煮物の香りが、食い気をそそる。小鉢には蕗でつくった佃煮《つくだに》がのっている。椀には、ほかほかと香ばしい湯気が立つ、炊き立ての飯が盛られている。唾《つば》が出てきた。

「あら、重兵衛さん、どうしたの。早く召しあがって」

急須を手にしたお加代が、台所から声をかけてくる。

「おいしいかどうか、気になるから、早く召しあがってもらいたいの」

おいしいかどうか確かめるために食べる必要などない。どう見ても、うまいに決まっているのだ。

「毒なんて入っていないわよ」

それもわかっている。だが、なかなか箸はつけられない。どうしてお加代が当然のような顔をして朝餉をつくり、それを自分が食べなくてはならないのか、さっぱりわけがわからない。

「もうじれったいわね」

業を煮やしたように、お加代が台所からあがってきた。重兵衛の横に正座する。そばには、釜《かま》から移された飯の入った櫃《ひつ》が置いてある。

「早く食べなさいよ」

箸を握らされた。

「いい、これはね、野蕗よ、知ってる」

小鉢の佃煮を指さす。

知っている。近所の伊之吉《いのきち》という百姓が昨日、届けてくれたのだ。調理の仕方も教えてくれた。

でも、重兵衛さんには無理かなあ。おそのちゃんにつくってもらってもいいかもしれないけど、そのうちうちのにつくらせて持ってくるよ。

伊之吉はいい置いて、帰っていったのだ。

お加代が幼子にいいきかせるような口調で話す。

「野蕗はふつうの蕗と同じようにこうして茎を食べるの。春には皮をむかなくていいんだけど、この時季じゃかたくなっているからむかなくちゃ駄目ね」

　重兵衛は箸でつまみ、口に入れた。かすかな苦みがある。これが野趣というものだろうか。ほんのりと甘い味つけがされた醬油《しょうゆ》と実によく合っている。しゃりしゃりとした歯応えが心地よい。

「蕗にとてもよく似ているけど、これは実は蕗じゃないと思うの。なんの仲間か知らないけれど、葉っぱが蕗に似ているから野蕗って呼ばれているんだと思うわ」

　そうか、としか重兵衛にはいいようがなかった。

「これでつくる蕗飯というのもあるのよ。野蕗の茎と葉っぱに塩をすりこんで、あく抜きをして、鍋《なべ》でから煎《い》りするの。醬油などの味つけはなしよ。ただ塩だけ。それを炊きあがったご飯に混ぜこむの。それだけなんだけど、とても香りのよいご飯ができるわ。何杯も食べられちゃう」

　お加代は夢見るような目をしている。いかにもつくり、食べることが好きでならない様子だ。

　いったい何者なんだろう。

　昨夜、就寝前の思いが、再びよみがえってきた。

　兄の仇といきなり狙《ねら》われたが、そんなことなどまるでなかったかのように振る舞っている。

まさか本当に忘れてしまっているわけではあるまいな。

重兵衛は飯を食べはじめた。とてもうまそうだからという理由ではなく、百姓が丹精こめてつくった食べ物を残すことはできぬという思いからだ。

だが、それは、いいわけでしかないことはわかっていた。食い気に負けたにすぎないのを、重兵衛は自覚している。それだけお加代がつくった朝餉は、すばらしいものだったのである。

玄人《くろうと》はだしといってよい。もしかすると、名のある料亭か料理屋で修業を積んだことがあるのかもしれない。

重兵衛は、滅多にしないおかわりを、三度もしてしまった。

「重兵衛さん、若いわ」

当たり前の顔をして給仕をしていたお加代が、満足そうにほめたたえる。

「ご飯を四杯も食べられるなんて、健やかな証拠よ。若いわ」

重兵衛は、お加代がいれた茶をすすった。熱さ、濃さともに申し分ない。自分がいれるものとは雲泥の差だ。どうすればこんなにうまく茶をいれられるのか、問いたいくらいである。

その気持ちを押し殺して、重兵衛は膳に湯飲みを置いた。

「加代という名は本名なのか」

お加代が目を丸くする。

「ええ、そうよ」

「住みかは」

「ないの」

「これまで暮らしていた場所はどこだ」

お加代が首をひねる。

「さあ、忘れてしまったわ」

「思いだすんだ」

お加代が困ったという顔をする。その表情はずいぶんと幼く見えた。

だまされるな。

重兵衛は自らに告げた。

これはこの女の手だ。こんな表情をつくってこれまでも男たちを籠絡《ろうらく》してきたにちがいない。

「故郷はどこだ。江戸か」

「江戸じゃないわ」

「どこだ」

「さあ、忘れたわ」

「そんなはずはあるまい。二親や姉、妹、兄弟だっているだろう」

「それが、兄以外誰一人としていないの。兄も失って、私ひとりぼっちになってしまったから」

しんみりとしていう。一瞬、重兵衛は信じかけた。だが、これもこの女の手だろう、と思い直した。

「誰に育てられた」

一瞬、お加代の目に光が宿った。重兵衛が見つめると、その光は手のひらに包みこまれたように消えてしまった。

「忘れました」

というより、忘れたいという思いなのではないか。

重兵衛は推測した。

「兄者は本当にいるのか」

「ええ。潮右衛門よ」

「誰に殺された」

「さあ」

あっさりと首を振る。

「それは、これからあらためて調べないといけないわね」

このままでは、また昨日の繰り返しになりそうだ。

「偽りなのではないか」

重兵衛は思いきっていってみた。

「私が嘘《うそ》をついているというの」

「そうだ」

「どうして私がそんな嘘をつかなきゃいけないの」

「なにか理由があるのだろう」

「どんな理由」

「それは俺にはわからぬ」

お加代がにこりとする。白い歯が初めてのぞいた。

「女はみんな嘘つきなのよ」

そうか、と重兵衛はいった。

「それで、いつここを出てゆくんだ」

「わからないわ」

「どういう意味だ」

「いさせてよ」

重兵衛はあっけに取られた。

「どうして俺がおぬしを置かなければならぬ」

「重兵衛さんは独り身でしょ。私を女中として雇えばいいじゃない」

暮らしていて女手があったほうがいいと思うことはもちろん多いが、じきにその悩みに関しては片がつく。

「女中がいやなら、私をお内儀にしてもいいわよ」

「冗談も休み休みいえ」

「あら、おそのちゃんより私のほうがずっと包丁の腕は上だと思うけど。器量だってそんなに負けていないでしょ」

人として心根の持ちようがちがう、といいたかったが、重兵衛は黙っていた。

それにしてもこのお加代という女は、ここに居着く気でいるようだ。

油断を衝いてこちらの命を狙う気なのか。だが、どんなに巧緻《こうち》な策を用いたところで、お加代では重兵衛を亡き者にはできない。仮に鉄砲で狙われたとしても、殺されない自信が重兵衛にはあった。

　お加代が重兵衛の膳の片づけをはじめた。

「よせ、俺がやる」

　重兵衛は制した。だが、お加代はきいていない。

「昨日の重兵衛さん、えらかったわ」

「なにが」

　こうしてついたずねてしまうのが、この女の調子に巻きこまれ、飲みこまれる最大の原因だろう。

「兄の仇として狙った私を田左衛門さんのところに連れていったときよ。あがるとき、沓脱ぎの上に雪駄を脱がず、私のためにわざわざ場所をあけてくれたでしょ。あれはそこらあたりの男にはなかなかできることじゃないわ」

　お加代が意外そうな顔で見つめてきたことと合わせ、そのことはよく覚えている。

　だが、それは母からそうするように幼い頃からしつけられていたことが、自然に出たにすぎない。

　背が低く力のない女のために場をあけるというのは、重兵衛にとって当たり前のことでしなかった。ほめられるとしたら、母のほうだろう。

お加代がにこにこしている。

「私、あれを目の当たりにして惚《ほ》れそうになったわ」

お加代が膳を台所に持ってゆき、洗い物をはじめた。それがまた重兵衛とは異なり、すばらしく手際がよい。次から次へと見事に洗いあげてゆく。

輔之進の妻になった吉乃が母の教えを受けてどの程度できるようになったかわからないが、お加代に習ったらどう変わるだろうと思わせるほどの手際のよさだ。

「ねえ、重兵衛さん」

洗い物を終えて、呼びかけてきた。

「黄八丈がどこでつくられているか、知ってる」

着物の袖をつまんでいう。

「どこって八丈島だろう」

「そうよ、流人で知られた八丈島よ。昔から機織《はたお》りが盛んだったそうね」

どういう話につながるのかわからず、重兵衛は黙って耳を傾けた。

「八丈島の名のいわれを知ってる」

重兵衛は首をかしげた。

「いや、知らぬ」

「昔は沖島と呼ばれていたらしいの。それがこの黄八丈が評判になるにつれ、八丈絹を生みだす島ということで、八丈島となったというの」

「そうか、そいつは知らなかった」

「でもそれは一説で、ほかにいくつもあるらしいの」

鎮西八郎為朝《ちんぜいはちろうためとも》が、島に住む大蛇を退治したが、そのとき蛇を一丈ずつ八つに切り分けたこと。

島民が敬愛する鎮西八郎為朝の八郎の読みが、『はっちょう』であり、それが八丈に変わった。

昔は八岳島《はちだけじま》と呼ばれていたが、岳が同じ読みの丈となり、やがて八丈島になった。ちなみに、八という文字は八番目にひらかれた島という意味のようだ。

「おぬし、物知りなんだな」

重兵衛は半ば感心していった。

「私は黄八丈が好きでね、八丈島のことを調べてみたの」

「なんにしろ、物事に興味を抱くというのは、よいことだ」

「いかにも手習師匠らしいいい草だわ」

お加代が重兵衛をじっと見る。

「もう一つ、八丈島絡みで物知りの種を披露しようか」

お加代が間を置かずに話しだした。

「八丈島は流人の島で知られているけど、公儀によって最初に流された人が誰か、知ってる」

これはきいた覚えがある。

「知っているぞ。宇喜多秀家《うきたひでいえ》公だな」

慶長《けいちょう》五年（一六〇〇）、天下分け目の関ヶ原の戦で西軍の主力として奮戦したものの、徳川家康率いる東軍に敗れた武将である。備前《びぜん》、美作《みまさか》五十七万石の太守で、関ヶ原の戦のあと薩摩《さつま》島津家にかくまわれ、三年のちに徳川家康方に身柄を引き渡された。島津家や妻豪姫《ごうひめ》の実家である加賀《かが》前田家の必死の願いに命だけは助けられ、長男や次男などとともに十三人で八丈島に流された。秀家は八十四の長寿を保ち、明暦《めいれき》元年（一六五五）に没した。三代将軍徳川家光《いえみつ》よりもあとに死去した戦国大名で、関ヶ原の戦いに参加した大名で最も長く生きた男である。

「重兵衛さんは物知りでいらっしゃるわね」

どこかできいたような台詞《せりふ》だ。すぐに思いだした。

「おぬし、昨日、氷川神社にいたな」

「氷川神社。なんのことかしら」

お加代が口にした台詞は、昨日、おそのがいったのとほぼ同じだ。

「氷川神社って、赤坂の氷川神社のことかしら。私はそんなところに行っていないわよ」

むきになって否定するところがどうもおかしい。

もしつけられていたのだとしたら、ずいぶんと油断したものだ。

重兵衛はほぞを嚙《か》んだ。

「あら」

お加代がきき耳を立てる。

「誰か来たようよ」

手習子だろうか。だが、まだ若干、早いような気がする。

大人の声で、ごめんください、といっている。重兵衛を呼びはじめた。

その声をきいて、誰がどんな用件できたのか、察しがついた。

重兵衛は立ち、教堂の入口に向かった。武家屋敷でいえば、ここがこの家の玄関になっている。

そこにいたのは、田左衛門の屋敷の奉公人だった。何度も言葉をかわして親しくなっている。名は篤之助《あつのすけ》。

「おはようございます、重兵衛さん」

おはようと重兵衛は返した。

「例の加代という女が逃げだしました。旦那さまは、申しわけないとおっしゃっています。本来なら自ら足を運んでお詫びしなければいけないところですが――」

「話の腰を折ってすまないが、お加代ならここに来ている。今いろいろと話をしているところだ。案じられる必要はない、と申しあげてくれ」

篤之助があっけに取られる。

「こちらにいるんですか」

重兵衛は鬢《びん》をかいた。

「そうだ。ということなので、本当に心配はいらぬ」

わかりました、と篤之助がいった。

「旦那さまにはそう伝えます」

「よろしく頼む」

一礼して篤之助がきびすを返す。姿は陽光のなかに消えていった。入れちがうように、子供の声がきこえだした。

重兵衛はお加代のところに戻った。

「手習子が来はじめたようね」

「うむ。俺は支度をする。おぬしは適当にすごしてくれ」

重兵衛はすばやく庭に出た。井戸で顔を洗い、歯を磨く。

お加代がこれからどうするつもりなのか気になるが、顔だけはさっぱりとした。十徳《じっとく》を羽織って、教場に向かう。

手習子たちは、そのあいだにほとんどがそろっていた。天神机の前に、背筋を伸ばして座っている。全部そろえば、四十八人だ。すべてが白金村の百姓衆の子供である。

重兵衛は皆に朝の挨拶をした。おはようございます、と元気のいい声が教場内にこだまする。

重兵衛は、中央奥に置かれている文机の前に腰をおろした。

「みんな、そろっているかな」

一つ、主のいない天神机があることに気づいた。

「寅吉《とらきち》がまだのようだな」

珍しいこともあるものだった。寅吉は手習所が大好きで、いつもだいたい一番早く来ているのだ。

風邪でも引いたのだろうか。いや、きっとすぐに姿を見せるだろう。

「昨日はなにをしていた」

重兵衛は手習子たちにたずねた。

女の子たちはままごと遊びをしたり、お手玉やおはじきをしていたりしたようだ。男の子は剣術ごっこや川遊び、鬼ごっこなどをしていたらしい。誰もがあっという間に日暮れを迎えたにちがいなかった。

「みんな、たっぷりと遊んだようだな。ならば、気持ちよく手習に励めるな。よし、今日もいつものように年長者は『農業往来』と『農隙余談《のうげきよだん》』を読むように。ほかの者は『百姓往来』を読み、そして漢字の手習に励むこと」

はーい、と皆から返事があったが、一番前に座っている女の子が重兵衛を見つめて問うてきた。

「お師匠さんは昨日、なにをしていたの」

太陽を受けた大海のようにきらきらと光る目をしているのは、お美代である。

「それはおいらもききたいなあ」

こういったのは吉五郎《きちごろう》だ。

ききたい、ききたい、と他の手習子たちから連呼された。

「昨日は氷川神社に行った」

「誰と」

すかさずお美代が声を発する。

「それは――」

「おそのちゃんね」

「まあ、そうだ」

「逢《あ》い引《び》きしていたのね」

「逢い引きというのは、人目を避けて会うことを意味するから、昨日のは逢い引きではないな。別に忍んで会ったわけではない」

「逢瀬《おうせ》を楽しんでいたのは、まちがいないでしょ」

「お美代、逢瀬も、忍んで会うことを意味する言葉だぞ」

「お師匠さん、そんなことばかりいって、あたしたちをごまかそうとしているんじゃないの」

「いや、そんなつもりはないが」

うしろから、力士が踏み締めるような大きな足音がきこえた。

「はい、そこのあなた、そこまでよ。お師匠さん、困っているじゃないの」

教場のまんなかに、天神机でつくられた道がある。そこで男と女に分かれているが、その道をまっすぐ歩いてきたのは、お加代だった。

足をとめ、じっとお美代を見おろした。

「誰よ、あんた」

お加代を見あげて、お美代が伝法な口調でいった。

「私。私は、加代というの」

「知らないわね。何者よ」

「お師匠さんに世話になっている者よ。世話になっているというのがどういう意味か、あなたでもわかるでしょ」

お美代をはじめとして、手習子全員が重兵衛に厳しい視線を当てる。

「ちょっと待て、みんな。俺は世話などしておらぬ。お加代どの、頼むから引っこんでいてくれぬか」

お加代が残念そうに首を振る。

「私は重兵衛さんがやりこめられるのを、見ていられなかっただけなのに」

「わかったから、戻ってくれ」

「はいはい、愛《いと》しの重兵衛さんにそういわれちゃ、逆らうわけにはいかないわね」

体をひるがえすや、これ見よがしに尻を左右に振って教場を出ていった。

「お師匠さん、今のお尻のでっかい女はなんなの」

吉五郎にきかれた。

「なんというか」

どこまで説明すればいいのか、わからなかった。

「お師匠さん、昨日、若い女に田左衛門さんちの近くで、仇呼ばわりされたってきいたけど、今の女じゃないの」

松之介《まつのすけ》という男の子が叫ぶようにいった。

「でも松之介、今のお加代っていう女、若くないわよ」

「うちの父ちゃん、母ちゃんから見れば、若いんだろうさ」

そういうことか、とお美代が納得した顔を見せた。

「仇呼ばわりって、お師匠さん、本当のことなの。でも、今は仲直りしているみたいね。ねえ、お師匠さん、どういうことなの」

お美代が問い詰めてくる。

「その前にお美代、目上の者を呼ぶのに呼び捨てはいかんぞ」

はーいとお美代がいった。

「それで今のお加代さんとは、どういうことなの」

どういうことか、重兵衛は仕方なしに話した。

「勘ちがいってどういうことなの」

吉五郎が重兵衛にきく。

「どういうことか、俺にもわけがわからぬが、とにかく勘ちがいだったようだ」

重兵衛は手をぱんぱんと叩いた。

「よし、話はここまでだ。みんな、手習に励むように」

もっと話をしたかったようだが、手習子たちは素直に本をひらき、目を落としはじめた。

静かな時間が流れてゆく。

重兵衛は文机の上に本を置いた。『論語』である。

幼い頃からさんざん読んだ本だが、今日に限ってはあまり頭に入らない。ときがたつのが遅く感じる。

手習子のなかには、静かに本を読んでいる者、声をだしている者、手習に飽きて墨をたっぷりと含ませた筆で遊びはじめた者もいる。ほかの者の迷惑にならなければ、重兵衛は注意することはない。子供は伸びやかにさせておいたほうがいい。

九つの鐘が鳴り、昼休みになった。午後の手習は九つ半からになる。そのあいだに家へ昼餉をとりに行く者もいれば、手習所に弁当を持ってきている者もいる。前は七割方は家に昼餉をとりに戻っていたが、今はほとんどの者が天神机の前で、弁当を食べている。

寅吉は結局、来なかった。やはり風邪でも引いたのだろうか。それとも、なにか用事でもあったのだろうか。

午後の手習には来るかもしれない。もしやってこなかったら、家に行ってみようと重兵衛は腹を決めた。

自分の昼餉はどうしようか。台所に行けば、なにか食べる物があるのはまちがいなかったが、お加代と顔を合わせるのは億劫《おっくう》だった。

一食くらい抜いても死にはせぬ、と昼餉は食べずにおくことにした。

しかし、そんな重兵衛の決意を見透かしたように、お加代が皿に三つの握り飯を持ってきた。

「これ食べて」

それだけをいって、さっさと教場から姿を消した。

お美代たちが、あの女のつくったおむすびを食べるの、という目で重兵衛を見ている。

頬張りづらいことこの上なかったが、残すのはもったいないとの思いから、握り飯を重兵衛は我慢して口に押しこんだ。

だが、さすがにお加代のこしらえたものだけに、具は梅干しだけにもかかわらず、これまで食べたことがないくらいうまかった。

米や海苔《のり》、味つけの塩など、本当にうちの台所にあるものだけでつくっているのか、疑いたくなるほどの出来だ。

重兵衛が食べはじめたのを見て、お美代たちも弁当に集中しだした。

「そういえばさ」

弁当を食べ終えて、松之介がいった。

「あの女の人のこと、知っているかい」

「あの女の人って」

お美代がきく。

「きれいで評判になっている女の人だよ」

これには、さすがに重兵衛も興味を惹《ひ》かれた。

「ああ、知ってる、知ってる」

吉五郎がうれしそうに答える。

「三鈷坂《さんこざか》の専心寺《せんしんじ》のそばに住みはじめた女の人だろ」

「謎の女っていわれてるんだよ」

「そうらしいな。すごくきれいで、村の男たちは色めき立っているんだ」

吉五郎が、ひげが伸びているかのように顎をなでる。

「でも、どういう理由でそんなにきれいな女の人がこんな辺鄙《へんぴ》な村に住みだしたのか、それもわからないんだよね」

「うちの父ちゃんなんか、用事で三鈷坂のほうに行くとき、わざわざ遠まわりしてその女の人の家のそばに行くくらいだよ」

「うちの兄ちゃんもだよ」

ほかの手習子の父や兄も、同じことをしているようだ。

「うちなんか、そのことがばれておとっつあんがおっかさんにこっぴどくとっちめられてたよ」

手習子の三蔵《さんぞう》という男の子がいった。

うちも同じだよ、という手習子があと四人もいた。

そんなに男の心を惑わせるほどきれいな女なのか。

重兵衛は、顔を見てみたい気持ちに駆られた。だが、それでは村の他の男たちと変わらない。

「その女の人、名前はなんていうんだ」

吉五郎が松之介にきく。

「それがわかっていないんだよ」

「へえ、本当に謎の女なんだな」

「名前なんか、人別帳を見れば、載《の》っているわよ」

お美代が強い口調でいう。

「でも人別帳なんか、そうそう見せてもらえないからなあ」

松之介が嘆くようにいった。

「あたしが調べてあげるわ」

「どうやって。村名主のところに忍びこむのか」

吉五郎がお美代に問う。

「相変わらず馬鹿ね。そんな真似するわけないでしょ」

「馬鹿ってなんだよ。しかも、相変わらずって」

「人別帳のほうじゃなくて、その女の人にきけばいいじゃないの。あたしがその人に会って、お名前はなんというんですか、ってきいて答えないわけがないと思うわ」

「そりゃそうだな」

吉五郎が感心する。

「お美代、おまえ、意外に頭がいいんだな」

「意外は余計よ」

お美代が吉五郎にいって、松之介に顔を向ける。

「その女の人、村にいつ住み着いたの」

「ほんの半月ほど前ってきいている」

「どこから来たの」

「さあ」

「江戸のなかから。それとも——」

言葉を切って、お美代が重兵衛に視線を当ててくる。

「お師匠さんのように、ほかの国からやってきたのかしら」

三

河上惣三郎《かわかみそうざぶろう》は鼻をくんくんさせた。

「やけにいいにおいがしてるじゃねえか」

「ほんとですねえ」

うしろについてくる中間《ちゅうげん》の善吉《ぜんきち》が相づちを打つ。

「なにかを焼いているようですけど、なんでしょうねえ」

振り向き、惣三郎は善吉の頭を拳《こぶし》で殴りつけた。ぽか、と間の抜けた音がした。

「これは焼いているんじゃねえ、煮ているんだ」

頭を押さえつつ、ええっ、と善吉が大仰に驚く。

「煮ているですって。旦那の鼻、おかしいんじゃないんですかい」

「馬鹿か、てめえは。これはまさしく貝を煮ているにおいだろうが」

惣三郎は再び足を動かしだした。歩を運びながら、善吉が生き物のように鼻をもぞもぞと動かした。

「これが貝を煮ているねえ。どうにも腑に落ちないですねえ」

「腑に落ちねえってことがあるか。まちがいねえよ。もし本当にこれが焼いているように感じるんだったら、医者に診《み》てもらったほうがいい」

「いえ、あっしは遠慮しておきますよ。医者は大きらいですからね。――旦那、これはなに貝ですかね」

「蛤《はまぐり》だろうな」

蛤ですかい、といって善吉が目を輝かせる。

「大の好物ですよ」

「俺も、貝のなかで一番好きといってもいいけどな」

惣三郎は善吉を見やった。

「大の好物のにおいがわからねえとは、なんともあきれた野郎だ」

目当ての建物が間近に迫ってきた。どうやら蛤を煮ているのは、重兵衛の手習所のようだ。

「これは、重兵衛さんが焼いているんですかね」

立ちどまり、惣三郎はまた善吉の頭をぽかりとやった。

「焼いているんじゃねえって、いってるだろうが」

善吉が頭をさする。

「煮ているにしても、やっぱり重兵衛さんの仕業ですかね」

「仕業か。妙ないい方だが、なんかしっくりくるな」

あたりには夕暮れの気配が漂い、白金村の家々からは炊さんの煙が立ちのぼりはじめている。うっすらと橙色に染まった西の空、鳴きかわしつつねぐらに戻ってゆく烏《からす》、遠ざかる子供の声。気持ちがほんわかとするのどかな光景だ。

重兵衛の手習所ではなく、近所から、なにかを焼いているにおいも漂ってくる。

ふむ、これを善吉は勘ちがいしたのかな。だが、こいつは煮物と焼物のちがいが、食ってもわからねえかもしれねえ男だからな。鼻だけじゃねえ、舌もいかれてやがるし。こいつの場合、ちんちんと入れ代わっても、さして変わりねえんじゃねえのか。

善吉が不審そうに見ている。

「旦那、さっきからなにをぶつぶついっているんですかい。人間、わけのわからないことをうわごとみたいにいうようになったら、おしまいですよ」

惣三郎は、また拳を振るった。今度はごつん、と音がした。善吉が頭を抱えてしゃがみこむ。

「うわごとなんかいってねえよ」

惣三郎は建物に掲げられている扁額を見あげた。『白金堂』と記されている。横の柱には、『幼童筆学所』という看板が打ちつけてあった。

白金堂という名は、行き倒れになった重兵衛を助けた宗太夫という男がつけたものときいている。宗太夫は殺され、その事件が縁で惣三郎は重兵衛と知り合うことになった。宗太夫の亡骸《なきがら》を見つけたのが重兵衛で、事情をきいたのが惣三郎だった。

重兵衛は無口だが、いい男という表現がぴったりで、惣三郎は一目で気に入った。重兵衛が自分に起きたことすべての片をつけるために故郷の諏訪に帰ったときも、惣三郎は江戸を離れることのできない北町奉行所の定廻《じょうまわ》り同心であるにもかかわらず、諏訪まで行った。友の危機を見すごすことができなかったのだ。

建物の脇をまわり、惣三郎と善吉は庭に入りこんだ。濡縁のある座敷の腰高障子は閉じられている。まだ行灯はつけられていない。

「おい、重兵衛、いるか」

すぐに腰高障子があき、重兵衛が姿を見せた。笑顔になる。

「ああ、河上さん、善吉さん。よくいらしてくれました」

重兵衛の笑顔を見るたび、惣三郎は気持ちがほっとする。この男の笑みには、心を安らかにする薬のようなところがある。手習子たちがなつきまくっているのは、重兵衛のそういうところが大好きで、離れられないからだろう。

極上の茶を喫してもしたかのように、善吉も穏やかな笑みを浮かべていた。

「……お上がりください」

いつもならすぐさま招き入れようとするのに、今は若干の間があった。

「重兵衛、なにかあったのか」

「いえ、なにもありませぬ」

「これか」

惣三郎は小指を立てた。

「本当は、おそのとかいう娘が来ているんじゃねえのか。うまいにおいがぷんぷんしているしな」

その声に合わせるように重兵衛の背後から人影があらわれた。

やっぱり図星だったか、といおうとして惣三郎は口を閉じた。そこにいたのは、おそのとはまったく別の女だった。

年増は年増だが、なんというべきか、曼珠沙華《まんじゅしゃげ》のような妖艶さが全身を覆い尽くしている。おそのは白百合を思わせる清楚な女だが、それとはまったく正反対の女といってよい。

ただ、袖からのぞく手がほっそりとして、とても美しく見えた。白魚のようなという形容が、まさしくぴったりなのではないか。

それにしても、どうしてこんな女が重兵衛のところにいるのか。

「あら、お役人」

女は平然としている。後ろ暗いことがなくても、町方役人が相対していると、町人たちはかすかなおびえを見せることがほとんどだ。こんなに間近にいるのに落ち着いている女というのは珍しい。

よほど度胸が据《す》わっているのか、それとも町方役人に慣れているか。あるいは、その両方なのか。

「おめえさんは」

「重兵衛さんの女房ですよ」

「なんだと」

横で善吉も腰を抜かしている。

「重兵衛、おめえ、いつの間に」

「嘘ですよ」

いつも冷静な重兵衛が、珍しくあわてていった。

「ちょっとした居候です」

「居候だと。名は」

女が答えた。

「お加代さんかい。重兵衛、おめえの縁者か」

「いえ、そういうわけではありませぬ」

重兵衛は少し弱っているようだ。これも滅多にあることではない。いったいなにがあって、このお加代という女をそばに置いているのか。

「なんだ、煮え切らねえな。重兵衛、詳しく説明してみな」

はい、といって重兵衛が唇を湿らせて話しだした。お加代という女はそれを潮にしたように奥に姿を消した。

重兵衛の説明をきき終えて、惣三郎は眉をひそめた。

「昨日、兄の仇と狙われて、今朝には勘ちがいでした、すみませんとやってきて、居着いたっていうのか」

惣三郎は重兵衛を見つめた。

「追いだしたいのか」

「追いだすというより、できればこれまで住んでいたところに戻ってほしいというのが本音です」

惣三郎は一歩、前に踏みだした。じりっと土が鳴った。またいいにおいが鼻先をかすめてゆく。

「こいつは、今のお加代という女がつくっているのか」

はい、と重兵衛が答える。

「ずいぶんと包丁が達者のようじゃないか」

「ええ、まるで料理人のようです」

「料理人か、そいつはすげえな」

惣三郎は手のひらで顎をなでさすった。

「歳は少しいっているようだが、器量も悪くねえし、なにより手がきれいだ。それに、そんなに包丁が達者なら、いてもらってもいいじゃねえか。いや、むしろいてもらったほうがいい。料理ができる女というのは、実に重宝だぞ。鳴物を鳴らして探しても、いいくらいだ」

「旦那のご内儀は、包丁のほうはいかがでしたっけ」

善吉がきいてきた。

「おめえ、話の腰を折るんじゃねえよ。うちのは達者というほどでもねえが、まるでできねえっていうこともねえ」

「なるほど。そこそこ、ってところなんですね。まあまあ、といい換えてもいいんでしょうけど」

「おめえがいうんじゃねえ」

かがみこんだ善吉を横目に、惣三郎は重兵衛に視線を当てた。

「重兵衛、今の女の行き場がねえなら、このまま囲ってしまえばいいじゃねえか」

重兵衛が唖然《あぜん》とする。

「河上さん、そんな無責任なことをいわんでください」

惣三郎はにやりとした。

「おそのが怖いんだな」

「そんなことはありませんが」

語尾に力がなかった。

そのときお加代がまた姿を見せた。皿を手にしている。

「蛤を煮つけたんですけど、召しあがりますか」

ちょうど大きく腹が鳴った。だがそれは惣三郎ではなく、善吉だった。

「もらおう」

惣三郎は重兵衛に断ってあがりこんだ。善吉が続く。

お加代が正座し、皿と箸を差しだす。五つばかり蛤の身が並んでいる。ぷりっとしており、いかにもうまそうだ。

重兵衛がやや離れたところに正座した。

惣三郎は箸を取り、ほかほかと湯気を立てている蛤をつまんだ。

ひょいと口に放りこむ。

「あ、熱っ」

しかしうまい。身は柔らかいが、歯応えはしっかりある。醬油味がしっかりしみこみ、飯が食べたくなる。いや、それよりも酒だろうか。

「こいつはいい」

感嘆の思いを隠さず、惣三郎はいった。

「うれしい」

お加代が身をよじらせる。

「ほれ、おめえもいただけ」

善吉に箸を手渡した。善吉はすぐさま箸をのばした。

「ああ、こいつはうまい」

善吉はひょいぱくひょいぱくと残りの蛤を全部食べてしまった。

「あっ、てめえ、なにしやがる」

「ああ、すみません。あまりにうまいんで、箸がとまらなくなりやした」

「こいつ、わかっていて食いやがったな」

「そんなことありませんよ。本当に、手がからくり仕掛けのようになってしまったんですから」

重兵衛が膝を進ませてきた。

「それで河上さん、今日は」

「いや、なんでもねえよ。おめえの顔が見たくなっただけだ」

「それでわざわざいらしてくれたんですか」

「そうだ。感動するだろう」

重兵衛がにこりとする。

「はい」

惣三郎は重兵衛の肩を叩いた。

「相変わらず素直な野郎だ」

重兵衛の目が庭のほうを向いた。惣三郎も気づいた。誰か人が来た。

「おそのじゃねえのか」

惣三郎は、あいている腰高障子のあいだから庭をのぞき見た。重兵衛が腰を浮かせたのが、横目に見えた。

庭に入ってきたのは、長身の男だった。見覚えのある影だ。

「あれ、左馬助《さまのすけ》じゃねえか」

「あっ、河上さん。またこんなところで怠けているのか」

重兵衛が濡縁に出た。やあ、といって白い歯を見せた。

しばらくだな、と左馬助がうなずく。

左馬助はもともと三河刈屋《みかわかりや》の土井家の家中の士だったが、重兵衛との絡みなどがあって、今は麻布坂江町《さかえちょう》の堀井道場の婿《むこ》になっている。奈緒《なお》という美しい娘を妻にして、幸せに暮らしている。

惣三郎は頰を指先でかいた。

「左馬助、人ぎきの悪いことをいうんじゃねえよ。重兵衛のご機嫌をうかがいに来ただけだ」

「河上さんの縄張は、木挽町《こびきちょう》のはうだな。重兵衛の機嫌を見るためにずいぶんと足を伸ばしたものだ」

「左馬助、おめえこそ、なんの用事があるんだ。俺と同じで、重兵衛の顔を見に来たんじゃねえのか」

左馬助がにやりとする。

「顔を見に来たというより、腕を見てもらいに来た」

「ほう、見てもらいに来ただなんて、ずいぶん殊勝ないい方だな。じゃあ、重兵衛とやり合うのか」

「そうだ」

「ずいぶん自信のある顔つきをしているじゃねえか。秘剣でも編みだしたのか」

「そんな大仰なものではない。ちと工夫をしたから見てもらいたいだけだ」

重兵衛が、よかろう、といった。竹刀《しない》を取ってくる、と奥に引っこむ。

代わりにお加代が濡縁に立った。

左馬助がびっくりしている。まさか、おその以外の女がこの家にいるとは思わなかった顔つきだ。

「この色っぽい女は、お加代というんだ」

惣三郎はどういう経緯でこの家にいるのか、説明した。

「重兵衛を兄の仇と狙ったが、勘ちがいにすぎないのがわかって、今はここに図々しく居座っている。ほう、そうか」

左馬助があらためて、お加代に視線を投げる。

「図々しくは余計よ、左馬助さん」

お加代がしなをつくる。

「お加代、残念だな、こいつには、もうかわいい恋女房がいるんだ」

「あら、そう。女房持ちなの。それはつまらないわ。私は人のものには興味がないの」

「重兵衛だっておそののものだぞ」

惣三郎はお加代にいった。

「でも、あの二人は見たところ、まだ睦《むつ》んでいないでしょ。きっと私でも入れる余地はあるわ」

「さて、どうかな」

いったのは左馬助だ。

「重兵衛はなにしろおそのちゃんにぞっこんだからな」

「そんなのへっちゃらよ。必ず振り向かせてみせるわ」

「おめえ、重兵衛に惚れているのか」

「ええ、惚れているわ」

お加代がいいきる。惣三郎はお加代を凝視した。

「もともと押しかけ女房をするつもりで、下手な芝居を打ったんじゃねえのか」

お加代が舌をぺろりとだした。

「ばれたか」

「それはまことなのか」

お加代のうしろからいったのは、重兵衛だ。竹刀を二本、手にしている。

「嘘よ。でも、どこにも行き場がないのは事実なの。重兵衛さん、しばらく置いておいてね。包丁が達者な女は重宝するわよ」

さっき惣三郎が口にした言葉だ。きいていたのだろう。なかなか油断のならない女だった。

重兵衛はため息を一つつくと、裸足《はだし》で庭に降りた。竹刀を左馬助に渡す。

左馬助が雪駄を脱ぎ、竹刀を構えた。

だいぶ暗くなっているが、まだ人の顔は十分に見分けられる。竹刀を打ち合うにはなんの支障もない。

二人は一間ほどの距離を取って正対した。二人とも防具はつけていない。

当たったら、さぞ痛いだろうな。

惣三郎はぞっとする。腕に食らっても、何日かは確実に腫《は》れているだろう。

さすがに二人ともに腕は立つだけに、重い気があたりを圧するように漂いはじめた。喉のあたりがひどく重苦しい。善吉が胸をさすっている。

濡縁のお加代の呼吸が、浅くせわしいものになっていた。

左馬助がすり足で少し進んだ。重兵衛を間合に入れるや、いきなり面に打ちおろしていった。

重兵衛が横によける。かまわず左馬助がまたも面を狙う。それを重兵衛が避けた。

なおも左馬助は面を狙った。執拗《しつよう》だ。

重兵衛の視線を上に向けようというのか。となると、狙いは胴だろうか。それとも下段からの振りあげか。

だが、惣三郎にもわかるほどの狙いが、重兵衛に通用するはずがない。そのことは、左馬助もわかっているだろう。

左馬助が飽くことなく面を狙い続ける。かなり大きく振っている。惣三郎が見ても隙《すき》があるように感じるが、重兵衛が狙わないということは、隙はないのだろう。

左馬助の重兵衛の面への攻撃は続いた。あまりのしつこさに嫌気が差したように、ついに重兵衛が反撃に出た。

姿勢を低くし、竹刀を胴に振っていった。

それを待っていたかのように、左馬助は振りを小さくした。惣三郎の目には一瞬、竹刀が消えたように見えた。

再び視野に入った左馬助の竹刀は、重兵衛の小手を狙っていた。

さすがの重兵衛も左馬助の竹刀を見失ったようだが、そこが天分というのか、すっと竹刀をうしろに引くことであっさりかわした。

逆に左馬助の小手を狙い打つ。びしっ、と身がすくむような音がして、左馬助の手から竹刀が落ちた。からりと地面を叩き、転がってゆく。

「くそっ、やられた」

左馬助が花壇の手前でとまった竹刀に目を当て、無念そうにいう。手を押さえている。

「でも左馬助、今のは正直、焦らされたぞ」

右手で竹刀をだらりと下げた重兵衛が、左手で額の汗をぬぐった。

「面狙いは下段からの振りあげが狙いなのか、と思っていたが、実は面が狙いではなく、大きな振りを見せることこそが今の剣の肝だったのだな」

重兵衛が近づき、左馬助の肩を叩く。

「あの大きな振りにもかかわらず、隙を見せぬというのは、すごいことだぞ。左馬助、腕をあげたな」

左馬助が苦笑する。手はまだ痛そうだ。

「たやすく打ち破った男にいわれても、うれしくないな」

「あとほんの少し、小手を狙う際の動きを小さくすれば、もっと竹刀の動きが見えにくくなる。もしそれができていたら、俺はまちがいなくやられていた」

「そうか、もう少しそちらの鍛錬が必要だったのか」

左馬助が悔しそうに唇を噛む。

「大きな振りから隙をなくすことに、神経を集中しすぎた」

善吉が竹刀を拾い、重兵衛に手渡す。

「やっぱり重兵衛さんは強いわ」

濡縁のお加代がほめたたえる。

二本の竹刀を手にして、重兵衛がきき咎《とが》めた。

「やっぱりだと」

その言葉の意味に、惣三郎も気づいた。これはつまり、事前に重兵衛の剣の腕前を知っていたことにほかならないのではないか。

「言葉の綾《あや》よ」

お加代は平然といって、艶然と笑みを浮かべた。

「ああ、そうだ。皆さん、食事を召しあがっていかれますか」

第二章

一

謎の女か。

惣三郎は気になってしようがない。

半月ほど前に白金村に住みはじめた女。まだ村人が名も知らない女について、惣三郎は昨日、お加代から夕餉を食べつつきかされたのだ。

三鈷坂の専心寺そばの一軒家に住んでいるという。

お加代自身、手習所の教堂で手習子たちが話しているのを耳にしたのだそうだ。となれば、重兵衛もきいているはずだが、あの男は村の噂話《うわさばなし》を人に漏《も》らすような真似はまずしない。

「旦那、いいんですかい」

うしろから善吉がいう。

「なにがだ」

「わかっていいるんじゃないんですかい」

「こうして白金村に向かって足を進ませていることか」

「さいですよ」

「かまわねえだろ」

「でも、昨日はほとんど仕事が終わってから足を運びましたけど、今日はまだ朝ですからねえ。仕事はこれからってときですよ、大丈夫なんですかい」

初夏らしい透明な風が吹き渡り、花や草が惣三郎たちにゆったりと辞儀を送ってくる。背後から射しこむ朝日はつややかで、夏を思わせる濃い影を地面に映じている。頭上に雲はほとんどなく、空は蒼穹《そうきゅう》と呼ぶにふさわしい無限の広がりを見せていた。

「大丈夫だ、心配すんな」

「また旦那得意の安請け合いですかい」

惣三郎は足をとめ、くるりと振り向いた。拳をかざす。

「得意ってのはなんだ。おめえ、殴られ足りねえみてえだな」

「いえ、そんなことはありませんよ」

善吉がぶるぶると首を振る。

「なにしろ旦那の拳は、石みたいにかたいですからね」

そうか、と惣三郎はいった。再び前を向いて歩きだす。

「そんなにかたいのか。どれどれ」

歩を運びつつ、自分の頭をごつんとやった。

「痛《いて》え」

顔をしかめて惣三郎は首をひねった。そんなにつよくやったつもりはないのに、涙がじんわりと出てきた。手のひらを見る。

「俺の拳、こんなにかたかったかな」

視線を善吉に流した。

「あまりにおめえの頭を殴りすぎて、かたくなっちまったのかもしれねえ。なにしろ、おめえのかちんかちんの石頭に負けねえようにするのは、たいへんだからな」

「あっしの頭がかたくなったのは、旦那に殴られすぎたからですよ」

「鶏と卵の関係だな」

「なんです、そいつは」

善吉があまりに素直に問い返してくるので、惣三郎は驚いた。振り向いて、中間の顔を見た。のほほんとした表情をしている。

「おめえ、鶏が先か、卵が先か、ってのを知らねえのか」

「鶏が先か、卵が先か」

善吉がにこりとする。

「そんなのは決まっていますよ。鶏が先に決まっているんじゃないですか。鶏がいないと、卵は生まれませんからね」

「じゃあ、その鶏はどこからきたんだ」

善吉は少し考えただけだ。

「鶏は、そのへんの草むらにねぐらをつくったりしていますからね、そのあたりからやってきたんじゃありませんかい」

「そういう意味じゃねえ。鶏は卵からかえるだろうが」

えっ、と善吉が大口をあける。

「鶏って卵からかえるんですかい」

それをきいて、惣三郎は仰天した。

「お、おめえ、そんなことも知らなかったのか」

「あっしは、鶏は卵を生んで、人に食べさせるのが商売だって思ってましたよ」

「善吉、おめえ、歳はいくつだ」

「二十四ですよ」

「なんだと。じゃあ、重兵衛と同い年じゃねえか」

「ええ、そうですよ。知らなかったんですかい。あっしと重兵衛さん、雰囲気が似通っているでしょう」

惣三郎は善吉をまじまじと見た。

「俺はもうおめえを殴らねえよ。きっと殴りすぎて、こんなにしちまったにちげえねえんだ」

惣三郎は歩きだした。

「こんなにしちまったというのは気に入りませんけど、旦那、本当ですかい。本当にもう二度と殴らないんですかい」

「ああ、武士に二言はねえ」

「そいつはうれしいですねえ」

善吉が晴れ晴れとした顔でいう。

「そんなに殴られるのがいやだったのか。今まですまなかったな」

「心をあらためるのは、いつでもできますからね。旦那もようやく大人になりましたね。いいことですよ」

惣三郎の肩をぽんぽんと叩いてきた。

この野郎、調子に乗りやがって。

拳があがりかけたが、惣三郎は我慢した。

「旦那は四十二でしたね。大人になるのがずいぶんと遅かったですねえ」

惣三郎は立ちどまり、善吉の頭をごつんとやった。

「痛え」

善吉が頭を抱えてうずくまる。

「旦那、二度と殴らないっていったじゃないですか。武士に二言はないっていって」

涙目で抗議する。

「今のは殴ったんじゃねえ。拳が勝手におめえの頭に当たったんだ」

惣三郎はしゃがみ、善吉の顔をのぞきこんだ。

「それにいいか、善吉、俺の歳は四十二じゃねえ。三十五だ。よく覚えておきな」

「ああ、さいでしたかい。あっしは、ずっと厄年だと思っていましたよ」

「ずっと、ってのはどういう意味だ」

「何年も前から、という意味です」

「何年も前からおめえの頭のなかでは、俺は四十二だったというわけか。まったくどういう頭の造りになってやがんだ」

惣三郎は立ちあがり、また歩きだした。すでに道は白金村に入っている。

「確か、三鈷坂の専心寺の近くの一軒家っていってたな」

村人にきくまでもなかった。挙動がおかしな男が何人かいたからだ。

お加代によれば、村の男たちがその女にめろめろにさせられているということだ。仕事をろくにせずに、この家にやってくる者があとを絶たないという。

惣三郎は、男たちのあとをついていった。善吉も、いったいどんな女なのだろう、と期待に目を輝かせている。

すぐにわかった。

さほど大きな建物ではないが、まだ建てられてさほどたっていない様子の、藁葺《わらぶ》き屋根の家だった。外から見える柱には白木が主に使われ、漆喰《しっくい》の壁も新しい。

それらが朝日を鮮やかに弾き返しているのが、いかにも清らかな感じがする。東側の窓にすだれがかかり、その内側には、両端を紐《ひも》で結わえられた細い棒が物干し竿のようにつられている。これから、風鈴でも下げるのだろうか。

ぐるりを竹垣が囲んでいる。高さが一丈ほどあり、なかをのぞきこむことはできない。南側が林になっているが、そちら側が切りひらかれて、日当たりのいい庭になっているようだ。

「これで何部屋くらいあるんですかね」

善吉が、遠慮のない視線を家にぶつけていう。

「そうさな、二部屋に台所、土間といったところだろう」

「女の人が一人で暮らすのには、十分すぎるほどですね」

「ああ。これより狭い長屋でぎゅうぎゅうに暮らしている一家なんて、それこそ星の数ほどいるからな」

全部で四人の男が戸口のそばにいた。竹垣に格子戸が設けられているが、そこに四人が集まって、なかを見ていた。

惣三郎も男たちのうしろからのぞきこんでみたが、家の戸口が視野に入ってきただけだった。

驚いたことに、いつの間にか男の子もそこにいた。ちょうど手習所に通う年頃だろう。十前後だ。男たちの前に立ち、格子戸をつかんでいた。家を見ている熱心さでは男たちをしのいでいる。

「おい、おめえたち、どけ」

惣三郎が声をかけると、男たちがびっくりして顔を向けた。

「あっ、これはお役人」

ばつの悪そうな顔で、ぺこぺこする。

「おめえら、いってえなにやってんだ。人んちの前で。とっとと散れ。田畑に帰って、仕事をしな」

はい、すみません、わかりました、と口々にいって、男たちが追われるように急ぎ足で遠ざかってゆく。

男の子だけが格子戸にへばりついていた。

「おい、おめえ」

惣三郎は小さな背中に声をぶつけた。

「手習所に行かずともいいのか。お師匠さんが心配しているんじゃねえのか」

だが、惣三郎の声が耳に入らないかのように男の子はじっとしている。

「なんなんだ、この餓鬼《がき》は」

惣三郎は口のなかで毒づき、男の子をひょいと持ちあげた。やせこけて、驚くほど軽かった。

男の子が面食らったように惣三郎を見つめる。惣三郎は男の子を地面に立たせ、目の位置を同じ高さにした。

「さっきもいったが、とっとと手習所に行け。おめえは、重兵衛のところに通ってるんじゃねえのか」

男の子はなにも答えない。よく光る目で惣三郎を見つめているだけだ。

惣三郎は背筋を伸ばした。男の子の頭をなでてから、格子戸をあけた。からからと軽い音を立てて戸が横に滑ってゆく。

戸口の前に立った。善吉がわくわくしているのが、伝わってくる。

「いるか」

惣三郎は腰高障子の先に声をかけた。

「俺は北町奉行所の者だ。ちょっと出てきてくれ」

腰高障子の向こう側で、人の気配が動いた。影が映る。

「本当にお役人でございますか」

糸のようにか細い声が流れてきた。

惣三郎は名乗った。

「わかりました」

心張り棒がはずされる音がし、戸がするすると動いた。

三分が一ほどあいたところで、女が戸に手をかけて顔をのぞかせた。おそるおそるといった風情だ。さざ波立った水面のように落ち着きなく揺れる瞳で、惣三郎と善吉を見つめている。

しかし、噂されるだけのことはあって、美しい。

切れ長の目は愁いをたたえ、瞳は濡れたように黒い。鼻筋が通り、薄い唇は紅を塗ったように赤い。いわゆる瓜実顔《うりざねがお》で、背はやや高いが、肩が細く、胸が豊かだ。

それ以上に、全身からしたたるような色気が感じられる。重兵衛のところの居候のお加代と似たような歳の年増で、あの女も色っぽいが、くらべものにならない。

惣三郎は胸が震えた。

三人の子持ちが、なにうろたえていやがんだ。だらしねえ。

咳払いをして気持ちを落ち着かせ、惣三郎は女に笑いかけようとして、斜めうしろの善吉が見とれているのに気づいた。

無理もない。しゃんとしろ、と小突く気にはなれない。

惣三郎はあらためて笑顔をつくった。

「ずいぶんと建て付けのよい戸だな」

女の美しい顔に笑みは刻まれない。

「あの、ご用件は」

「おめえさん、名はなんというんだ」

これは村名主のもとに行き、人別帳を見ればわかることだが、惣三郎にその気はなかった。

下手すれば、村名主から先輩同心の竹内につなぎがゆき、縄張から大きく外れた白金村にやってきたことが知られかねない。惣三郎にそんな危ない橋を渡るつもりなど、なかった。

「はい、たえと申します」

「おたえさんか。きれいな名だな」

ありがとうございます、というようにおたえが目を伏せる。蜜のような色香がぷんと香った。

「用件というのは――」

惣三郎は間を置いた。

「おまえさん、一人暮らしで物騒じゃねえかっていうことで、見まわりに来たんだ。なにか異常はねえか」

「いえ、なにもございません」

おたえは戸を閉めたがっている。

「おめえさん、どうしてこの村に越してきたんだ」

「いい思い出があるものですから」

「いい思い出というと」

きっと男絡みだろうな、と思いつつ惣三郎はたずねた。

おたえが悲しげな色を目に宿す。

「それはご勘弁ください」

甘い息がかかり、惣三郎は唾をのんだ。抱き締めそうになってしまう。かろうじて手をとめる。

「うむ、わかった」

惣三郎は人さし指を立てた。

「これが最後の問いだ。——おまえさん、この村にずっと住む気なのか」

「はい、そのつもりです」

そうか、と惣三郎はいった。

「いい村だからな、そいつはいいことだ。だが、あまり外に出ねえそうじゃねえか。閉じこもってばかりいねえで、村の者とつき合いを持ったほうがいいぞ」

はい、とおたえがうなずく。

「これからできるだけそうします」

惣三郎は、手間を取らせたと頭を下げた。

「これで終わりだ。じゃあな」

「はい、失礼いたします」

戸が音もなく閉まってゆく。美しい顔がゆっくりと消える。

戸が閉めきられる前に、小さな影がすっとなかに入っていった。

「あっ、この餓鬼」

先ほどの男の子だ。

「おっかさん」

おたえにしがみつく。

「えっ、そうなのか」

おたえが戸惑う。

「いえ、あたしに子はいません」

「まちがいねえな」

「はい、まちがいありません」

「おい、おまえ」

惣三郎は、自分のほうに顔を向けさせようとしたが、男の子はおたえの太ももにしがみついて離れようとしない。

「おい、こら、おめえのかあちゃんはこの女の人じゃねえぞ。とっとと手を放せ」

「かあちゃんだもん」

「ちがいます」

おたえが困ったようにいう。

「本当に子はいません」

嘘はついていない。それは目の色からはっきりと伝わった。そのあたりは長年、定廻り役人をして、眼力は備わっている。

「よし、おいで」

忍びなかったが、惣三郎は男の子をおたえから引きはがし、きびすを返した。格子戸に向かって歩きだす。

ふと気づくと、善吉がついてこない。

「おめえ、なにしてやがんだ。見とれてねえで、さっさと来ねえか」

善吉が、もっと見ていたいなあ、という思いをたっぷりと顔に貼りつけて、惣三郎のそばに駆けてきた。

「行くぞ」

善吉が格子戸をあける。惣三郎は男の子を抱いて外に出た。振り返る。格子戸が閉まる前に、すでに腰高障子は閉じられていた。風が静かに叩いているだけだ。

惣三郎はいいようのない寂しさを感じた。

「きれいでしたねえ」

善吉がしみじみという。

「ああ、評判になるだけのことはあったな」

惣三郎は男の子をおろし、事情をきくことにした。

「おい、かあちゃんというのはどういうことだ」

背中を曲げて、男の子と目を合わせた。

「おいらのかあちゃんのことだよ。やっと戻ってきたんだ」

「おまえのかあちゃんは、家を出てるのか」

「ここにいるよ」

惣三郎は首をひねらざるを得なかった。

男の子は母親に似るというが、この子はまったくおたえに似ていない。

「おまえ、名はなんというんだ」

「寅吉」

「寅吉か」

家はどこだ、ときこうとして、惣三郎はとどまった。

「さっきもたずねたが、おまえ、重兵衛の手習所に通っているんじゃねえのか。白金堂のことだ」

「うん、通ってる」

「今日は休みか」

「ちがうよ。おとといが休みだったから、次の休みは四日後だよ」

「なら、おまえ、ずる休みってことか」

「かあちゃんに会いに来たんだよ」

「この家のおたえという女は、おまえのかあちゃんじゃねえぞ」

「かあちゃんだよ」

惣三郎は善吉を振り向いた。

「仕方ねえ。重兵衛のところにとりあえず連れていこう」

惣三郎は、寅吉を引っぱって歩きはじめた。寅吉はいやそうな顔をしていない。むしろ、うれしそうに惣三郎の手をがっちりと握っている。

父親や母親のあたたかみに飢えているのかもしれねえな。

「きれいでしたねえ」

また善吉がいった。

「おめえ、惚れたのか」

はい、と善吉がはっきりと答えた。

「やめとけ。ありゃ、おめえの手に負える女じゃねえぞ」

「それはいえますねえ」

善吉が素直に首を縦に動かす。

「あっしじゃ、つり合いが取れないって感じがしますもの」

惣三郎はあいている右手で、顎をなでさすった。

あの女は町方をまったく信用していねえ。まずまちがいねえ。俺の目にはありありと見えた。

だからといって、お尋ね者とは思えない。人相書や手配書は常に目を通しているが、おたえに合致するものは見ていない。

犯罪人でないにしても、町方を信用していない者など山ほどいる。

とにかく、謎の女であるのは確かだった。

でも、惹かれちまったなあ。

さっき別れたばかりなのに、もう顔を見たくなっている。

この村の者たちも、一度おたえに会った者は、また顔を見たくてたまらなくなってしまうのだろう。

しかし、こちらが女房持ちじゃあ、どうしようもねえな。

「あれ」

善吉が声をあげた。前に向かって腕を突きだす。

「あれは重兵衛さんじゃないですかね」

「ああ、ほんとだな」

重兵衛が駆けてくる。

「血相を変えてるようだぞ。やつにしては珍しいな」

重兵衛が走り寄ってきた。目はまっすぐ寅吉をとらえている。

「寅吉っ」

叫ぶようにいって、重兵衛が足をとめた。

「どこに行っていたんだ。探したぞ」

「おっかさんのところだよ」

寅吉があっけらかんという。重兵衛が寅吉のやせた両肩に手を置いた。

「おまえのおっかさんは、おつるさんに決まっているだろう」

「でも、本当のおっかさんじゃないっておとっつあんがいったもの」

やはりなにかわけありのようだな、と惣三郎は思った。

「どうも寅吉は、おたえという女をおっかさんだと勘ちがいしているらしい」

惣三郎は重兵衛に伝えた。

「今、おめえの手習所に連れていこうとしていたんだ」

重兵衛が意外そうな表情になる。

「河上さん、善吉さん」

「なんだ、おめえ、いまごろ俺たちに気づいたのか」

「いいえ、そういうわけではありませぬが」

重兵衛は一安心という顔になっている。

「昨日も見えて、どうして今朝も、と思ったものですから」

「重兵衛さん、いってやってくださいよ。旦那、例のきれいな女の顔を見たくて、わざわざやってきたんですよ」

「うるせえぞ、善吉。おめえだって鼻の下のばして、でれでれ見てたじゃねえか」

「おたえさんというのは、その女の人のことですね」

「そうだ。そこに寅吉はいた」

「さようでしたか」

重兵衛がふきだしてきた汗を、手ふきでぬぐう。

「昨日も手習を休み、今日も来なかったものですから、ほかの子たちに手習をしておくようにいい置いて寅吉の家に行ってみたのです。そうしたら、手習所に行くって出たというのがわかったものですから、あわてて探していたところだったのです」

「そういうことかい」

寅吉、と重兵衛がいった。

「帰ろう。おとっつあん、おっかさんが心配しているぞ」

「でも、本当のおとっつあん、おっかさんじゃないもの」

寅吉がいやいやするようにいう。

「本当のおとっつあん、おっかさんに決まっているさ。だからこそ、心の底から寅吉のことを案じているんだ」

「ほんとかなあ」

「本当さ。さあ、帰ろう」

重兵衛が寅吉の手を引く。先ほどと同じように寅吉は素直にしたがった。

「では、これで失礼いたします」

重兵衛がていねいに辞儀する。

「ありがとうございました」

「よせやい」

惣三郎は重兵衛の肩をばしんと叩いた。骨がたっぷりと詰まったような重い手応えがあった。

「俺とおめえの仲じゃねえか」

重兵衛がにこりとする。

「河上さんにそういっていただけると、とてもうれしい」

「それじゃあ、俺たちも引きあげるとするか。あまり怠けてると、首になっちまうからな。じゃあな、重兵衛」

「はい、では、これで」

重兵衛が大きく顎を引く。

「重兵衛」

惣三郎は呼びかけた。

「おめえ、疲れているようだな」

「ええ、この子をだいぶ探しましたから」

「そうじゃねえ。なにかあまり寝ていない感じがするぞ。体がちと重そうだ」

重兵衛が苦笑してみせる。顔が少しこわばっていた。

「昨夜もいつものように早めに就寝したのですが、やや蒸し暑かったせいで、熟睡できなかったのですよ」

「そうか。諏訪と江戸ではだいぶ涼しさがちがうだろうからな。まあ、体には気をつけることった」

惣三郎と善吉は、いま来たばかりの道を戻りはじめた。高くのぼりはじめた太陽が大地を焼いている。風も熱をはらみ、惣三郎は全身に汗をかいている。善吉も似たようなものだろう。

まだ初夏だというのにこんなに暑くなるなんて、今年の夏はそれこそ、うだるようなものになるのではないか。

寒い夏よりよっぽどいいが、できればほどほどがありがてえな。

惣三郎はうしろを振り向いた。つられて首を曲げた善吉がうれしげにいう。

「重兵衛さんもこちらを見てますよ」

惣三郎が手を振ると、重兵衛は笑顔で振り返してきた。

「いいやつだよなあ。なにごとにも一所懸命で。一所懸命なやつって、見ていて気持ちいいよな」

「旦那も見習ってください」

うるせえ、といつもならいうところだが、今日に限っては素直な言葉が惣三郎の口をついて出た。

「うむ、そうしよう」

えっ、と目を大きく見ひらいて善吉がまじまじと見る。

「旦那、熱でもあるんじゃありませんか」

「俺にはねえよ。でも重兵衛は本当に体が重そうだったな。風邪でも引いたのかもしれねえぞ」

「実は、あのお加代さんとしっぽりなんてことはないんですかね」

惣三郎はあっさりと首を横に振った。

「おめえじゃあるまいし。やつは自分を律する気持ちが特に強《つえ》え男だ。おそのにぞっこんだし、そんなことはまずあるめえよ」

惣三郎は、縄張の一つである浜松町《はままつちょう》まで戻ってきた。

東海道が走っている町だけのことはあり、さすがににぎやかだ。旅人の姿が目立つが、近くの増上寺《ぞうじょうじ》に参詣にやってきた者も少なくない。

街道の両側に立ち並んだ店屋は大にぎわいだ。威勢のいい売り声が、鉄砲の玉のように行きかっている。

浜松町の自身番をのぞいた。

「一人か」

詰めている町役人は、勤造《きんぞう》という七十近い年寄りだけだ。

「珍しいな。他の連中はどこに行ったんだ」

「どこに行ったもなにも」

歯抜けの口をふがふがさせていう。しかし、全部抜けてしまっているわけではなく、言葉はよくきき取れる。

「人殺しがあったんでございますよ」

「なんだと」

惣三郎は目をみはった。善吉の口は蛤のようにぱっくりとひらいている。

「番所には知らせたのか」

「はい。小者を走らせました」

「いつだ」

「つい先ほどですよ」

それなら、まだほかの同心はこの町にやってきてはいないだろう。

惣三郎はほっと胸をなでおろした。

竹内の野郎に、怠けていたのがばれることはねえかな。

「殺しがあったのはどこだ」

「手前が案内しますよ」

勤造が自身番を出る。腰が曲がり、杖をついているが、足は遅くない。

表通りから二本、路地に入った突き当たりの家だった。日当たりが悪く、風の抜けもよくない。どぶ臭さがよどみ、どこから流れ出たのか、灰色がかった水がちろちろと足元を這いずっている。

「こちらです」

勤造が一軒の家を指し示す。

教えられるまでもなくわかっていた。そこには町役人や小者たちだけでなく、野次馬も多く集まっていたからだ。

「ごめんよ、あけてくれな」

勘造が、狭い路地のなか、押し合っている野次馬の垣に向かって声をかけるが、誰もどこうとしない。

いきなり勘造が手にしている杖を振りあげ、手当たり次第にいくつかの背中をばしばしと叩きはじめた。

なっ、なにをしやがる。

惣三郎は引っ繰り返りそうになった。

「北町奉行所の名同心河上惣左衛門《そうざえもん》さまのお越しだよ。とっとと道をあけないか」

わかった、あけるよ、杖は勘弁してくれ。そんな声とともに、扉があくように視野がひらけた。

垣がなくなったのはありがたいが、惣三郎は、とほほという気分だ。

なにしろ惣左衛門というのは、父親のことなのだから。町衆からは仏と慕われ、悪人どもには鬼と呼ばれた凄腕《すごうで》の同心だった。

惣三郎は見習として町奉行所に出仕をはじめたときから、父親とくらべられた。町奉行所の星とまでいわれたものだったが、今ではそんな呼び名がついていたことを覚えている者は、善吉以外いないだろう。本当に惣左衛門の子なのか、と多くの者け本気で疑っていた。

顔見知りの町役人たちが、ご足労痛み入ります、お疲れさまに存じます、と次々に挨拶してくる。

それにいちいち応じながら、惣三郎は善吉とともに勤造に導かれて、家に入った。途端に、むっとした血のにおいが惣三郎の鼻をついた。

ぴりっと気分が引き締まる。このあたりは、如実に父の血を受け継いでいることを示している。父も以前、同じことをいっていた。

さして広い家ではなく、四畳半と六畳間があるだけだ。こぢんまりとした庭に突き出た濡縁が設けられている六畳間の端に、人が倒れていた。

六畳間は、血のむせ返るようなにおいが充ち満ちていた。深く息をすると、鉄気《かなけ》臭さが胸に入りこんで、吐き気がこみあげそうだ。惣三郎は小さく小さく呼吸を繰り返した。

相当の場数を踏んできている善吉も、げんなりした顔をしている。惣三郎たちを案内してきた勤造は、敷居を越えようとしていない。隣の四畳半に突っ立って横を向き、もどすのを必死にこらえている。

死骸はうつぶせていた。体の下からおびただしい血が流れ、畳を赤黒く染めている。まだかたまりきっていないわずかな血が、かすかに射しこむ陽をはね返して、てらてらと光っている。

頭の毛はだいぶ薄くなっている上に、真っ白だ。その白さがどす黒い血の色によく映え、取り合わせの妙ともいうべきものを描いていた。

惣三郎は死骸のそばにかがみこみ、顔をのぞきこんだ。

苦悶の表情だ。胸を刃物で刺されたのはまずまちがいない。

歳は六十近いだろうか。見覚えのある顔をしているが、惣三郎が見知ったその男ならまだ五十に届いていない。

殺されたのは、多分、昨夜のことだろう。刻限は四つから八つのあいだか。この見こみはそう大きく外れていないという確信が惣三郎にある。

「この男の名は」

勤造にきいた。

「はい、岳造《たけぞう》さんといいます」

「岳造だって」

驚いた拍子に、惣三郎の膝が、がくりと折れた。善吉が、大丈夫ですかい、と支えてくれなかったら、惣三郎は血だまりに手をついていた。

「旦那、知り合いですかい」

惣三郎は善吉に礼をいってから、答えた。

「ああ、知り合いだ。おめえも一度くらいは顔を見たことがあるはずだ」

「さいですかね」

善吉が死骸の顔を見つめる。

「見たことがあるような気もしますねえ。その程度です」

「無理もねえよ。かなり老けちまっているからな」

岳造に最後に会ったのは、いつだったか。五年くらい前か。そのときはまだ白髪がわずかにまじるくらいで、黒々とした豊かな髪を誇っていた。

こんなに白い頭になっちまうなんて、これまでの悪事のつけが急にまわってきたんだろうな。もっとも、岳造は人生で最高のつけをここで払ったことになる。

惣三郎は勤造を見あげてきいた。

「岳造はまだ四十七、八といったところだろう」

「ああ、はい、さようにございます。四十八ときいています」

「いつから、こんな白い頭になっちまったんだ」

「こちらに越してきたときはすでに白髪頭でございましたね」

「いつ越してきた」

「はい、三年ばかり前だったでしょうか」

「この家は借家か」

「はい、さようで。手前の持ち物にございます」

「それなら話は早え。家を貸したのは誰かの紹介か」

「手前が懇意にしている口入屋の紹介にございます」

「請人は口入屋か」

「はい、さようで」

「岳造に親、兄弟は」

「いなかったものと。少なくとも手前は知りません」

惣三郎は勤造に視線を当てた。

「おめえ、岳造の正体を知っているか」

勤造が暗い顔をする。きくまでもなく、その表情が答えを物語っていた。

「存じております」

「おめえ、悪さをされたことはねえか」

勤造がひっと喉を鳴らす。

「とんでもない」

「しかし、自分の持ち物がこんな悲惨《ひさん》な場になったというのに、一人、自身番に残っていたというのは、おかしいじゃねえか。ふつうなら気になって、ずっとその場にいるものじゃねえか」

惣三郎はすっくと立ちあがり、勤造をにらみつけた。

「おめえが殺《や》ったんじゃねえのか。自身番に一人残ったのは、仏を見たくなかったからじゃねえのか。それとも、うらみを晴らして一人、ほくそ笑んでいたのか」

「とんでもない」

勤造があわてて手を振る。まわりの町役人たちがびっくりして、惣三郎と勤造を交互に見ていた。

「手前が自身番に一人だけ詰めていたのは、ちょっと仕事をやり残していたからでございます」

「どんな仕事だ」

惣三郎は即座に問うた。

「人別を移す仕事にございます。町を出てゆく者がおりまして、人別送りの手続きをしておりました。できるだけ急いでほしいと、その者にいわれておりましたので」

そういうことかい、と惣三郎はいった。別に納得したわけではなかったが、気のよいこの年寄りに人殺しは無理ではないか、という気持ちになっている。

検死医師の紹徳《しょうとく》が来た。

紹徳の見立ては、殺されたのは昨夜の四つから今朝の七つのあいだとのことだ。もっとしぼるのなら、九つから八つのあいだだという。

死因は心の臓を刺されたため。何度も刺されているという。

「こういう場合、うらみの筋が濃いと相場が決まっておりますが、これは河上さんにはいわずもがなのことでしょうな」

辞儀をした紹徳が助手とともに家を出てゆく。いつも通りの手際のよさだ。感服せざるを得ない。

二人を見送って、惣三郎たちも岳造の家をいったん出た。

吹き渡る風が心地よい。背中にじっとりと貼りついた汗が引いてゆく。大きく深く呼吸する。生き返る気分だ。

「それで旦那、岳造さんというのは何者ですかい」

少しさっぱりした顔で善吉がきいてきた。

「元岡っ引さ」

惣三郎は答えた。

「岡っ引というのはたいていが自分の身を守るために正体を伏せるものだが、やつは岡っ引であることを自ら喧伝《けんでん》するようなやつだった。そうすることで、多くの者から金を巻きあげていたのさ」

二

いつも手入れをしているからそんなにはないはずだが、一日、畑を見ずにおくと、すでにたくさん生えている。

雑草のたくましさには、舌を巻かざるを得ない。

これは、いい方は悪くなるが、町人や百姓といった庶民のたくましさだろう。侍たちにはないものだ。

重兵衛は、庭の畑の草取りに精をだしている。すでに手習は終わり、白金堂は静寂を取り戻していた。

腰と足に疲れを覚えた。しゃがみこんでいるのは、やはりきつい。百姓衆は、こんな十坪ほどの畑とはくらべものにならない広さの畑や田を相手にしている。

尊敬の念を抱かざるを得ない。このきつさに耐え、平然と野良仕事をこなしてしまうのは、すごいことだ。

重兵衛は立ちあがった。腰を伸ばし、とんとんと叩く。

腰のほうは楽になったが、今度は足がしびれている。

しびれが取れるまで、このままじっとしておいたほうがよさそうだ。

この畑は、白金堂の前のあるじだった宗太夫がひらいたものだ。

さつまいもや春菊、茄子《なす》、かぼちゃ、にんじんといった、秋に収穫できるものが植えられている。

むろん、畑のすべてに秋の作物が植わっているわけではなく、冬の蔬菜《そさい》のために三分が一ほど、すでにあけられている。土を休ませているのだ。

空を見あげて重兵衛は首筋の汗を、手のひらでぬぐい取った。べったりと土がついたのがわかり、たまらず顔をしかめた。手ぬぐいでふけばよかった、と後悔した。

しかし、手ぬぐいは濡縁に置いたままだ。さっき茶を喫したとき、そこに置きっぱなしにしてしまった。

濡縁はすぐそこだが、取りに行くのがなんとなく億劫で、重兵衛は汗を着物になすりつけた。こんなことは、諏訪で侍として暮らしていたとき、決してしなかった。

だが、今はこうすることも自由だ。なにをしようと誰にも咎められない。

重兵衛はもう一度、空を見あげた。

こんなに高く澄んでいるなど、侍をやめて初めて知ったような気がする。むろん、諏訪においても、同僚や友垣とは季節が移るたびに空の色、高さについて話したが、微妙な色や澄み方のちがいなどには、まったく気づかなかった。

こうしてじっくりと眺めてみると、初夏の空もよく澄んでいるが、青の濃さが若干、秋より弱いようだ。

美しいのに変わりはない。深く息をすると、体が浮きあがり、空に向かって吸いこまれてゆくのではないか、という錯覚に陥る。

はぐれ雲が流れてゆく。帆を掲げた千石船のような形をしており、風を受けているのがとても自然な動きだ。

ちがう雲がそれに追いつこうとしている。もっと小さな雲だ。

重兵衛は眉をひそめた。それがお加代の顔に見えたからだ。

昨日のことが悪夢のように、脳裏によみがえる。

忘れようとしても、忘れられるものではなかった。

顔が自然にゆがむ。

昨夜遅くのことだ。重兵衛が寝間で眠っていると、不意に人の気配が香った。

なんだ、と重兵衛は体をかたくしかけた。闇のなかに、女のにおいが濃厚に立ちこめていた。

お加代が来たのだ、と直感した。寝床から、がばっと身を起こした。

同じ家のなかに兄の仇であることを公言した者がいるのに、深く寝入ってしまったことを重兵衛は恥じた。しょせん女であると甘く見ていた。

重兵衛さんと、とろりとした声で呼びかけてきた。

その声に殺意など、いっさい感じ取れなかった。

――これはなんだ。

重兵衛はすばやく立ちあがりつつ、戸惑いを覚えた。

「どうして逃げるの」

お加代が意外そうにいう。枕元に濃厚な甘いにおいを発する影がうずくまっている。膝を崩して横座りをしていた。

重兵衛は答えなかった。答えられなかったというのが正しい。

お加代の目的がわかったからだ。

不思議に、女のくせに、とは思わなかった。お加代には、平気でそういうことをやれる資質が備わっているような気がする。

「なんの用だ」

「あら、いやだ」

忍び笑いが波紋のようにゆっくりと広がってゆく。

「もうわかっているんでしょ」

「帰れ」

「それはいま私のいる部屋に、ということ。それとも、前に私のいた家に戻れということなの」

「前にいた家があるのだな。だったら、そこにだ」

「こんな夜更けに戻れというの」

「夜が明けてからでいい」

「やさしいのね」

「やさしくはない」

お加代が艶然とほほえんだのが、闇を通してもはっきりとわかった。

「確かにうちはあったわ。でも、今はもうないの。私が大好きだったあの家は」

お加代が立った。重兵衛に近づいてくる。においがさらに強まる。まるで香でも焚いているかのようだ。

重兵衛はあとずさった。だが、ほんの数歩も行けなかった。壁にどす、と背中が当たったからだ。

お加代が、それを逃さじとばかりに抱きついてきた。やわらかな重みが胸に伝わってきた。

「いいでしょ」

甘ったるい吐息が耳にかかる。お加代が重兵衛の首に腕をまわしてくる。ひしとしがみついてきた。体は火がついたように熱くなっている。

重兵衛はめまいがした。頭の一部が抜け落ちたようにくらりとなる。

だがそれは一瞬のことにすぎず、すぐに正気に戻った。かろうじてお加代の体を押し戻した。

「どうして」

お加代の声には、信じられないという思いがにじんでいる。

「戻るんだ」

重兵衛はやや強くいった。

お加代から力が抜けた。体からも熱が失せたようだ。

「わかったわ」

力なくいってすっと体を返した。部屋を出てゆく。濃厚なにおいはしばらく残っていたが、それもやがて消えた。

そのときになってようやく、重兵衛は気持ちを落ち着けることができた。鼓動も、もとに戻りつつあった。布団の上に静かに座りこむ。

——驚いたな。

それが偽らざる感想だ。夜這いをかけられたのは、むろん初めてだ。こちらからかけたこともない。

自分はお加代を押し戻した。ふつうに考えれば、女に恥をかかせたということになるのだろう。

朝になって顔を合わせるのはいやだったが、実際のお加代は、いつもと変わらず明るいものだった。

昨夜のことは幻ではないか、と思えるほど元気な声音で、おはようございます、と挨拶してきたのだ。

重兵衛は困惑しながらも、おはよう、となんとか返せた。

朝餉もこれまでと同様に、実においしかった。腕のいい者にかかると、同じ材料でもここまでうまくなるのか、とあらためて感嘆した。

その後、いつものように手習子たちがやってきて、手習をはじめたのだが、寅吉が昨日に引き続いてこなかった。

昨日、寅吉の家に行こうと考えていたのだが、惣三郎や左馬助たちの来訪を受けたことで失念してしまった。

手習子たちに手習に励むように告げて、重兵衛は白金堂を出た。寅吉の家に行くと、そばの畑で二親が野良仕事に励んでいた。

二人とも、寅吉が手習に来ていないことをきいて、びっくりしていた。しばらく顔を見合わせていたが、目の前の二人には、寅吉が手習に来ない理由がわかっているような気がした。

寅吉は、いつものように手習所に行くと行って家を出たそうだ。手分けして探すことにし、重兵衛は足の向くほうに走りだしたのである。

ただ、あまり眠っていないこともあったか、体が重くてならなかった。

だから、寅吉の手を引いた惣三郎を見つけたときは、心からほっとした。涙が出そうだった。

惣三郎に、体が重いことを見抜かれたときは、どきりとした。まさかお加代とのあいだになにかあったのでは、と誤解をされたのではあるまいか。

重兵衛は濡縁に戻り、手ぬぐいを手にした。また新たな汗が出てきている。そっとぬぐった。

お加代は今なにをしているのか。台所に籠もっているようだ。

昨夜、熱くなったことをお加代に見抜かれたのではないだろうか。お加代はあの手のことに関しては百戦錬磨という感じだ。見抜かれなかったと考えるほうがおかしい。

それに、くらりとなって自分を見失ったのが本当に一瞬にすぎなかったのか。それも重兵衛は気にかかっている。

本当はずいぶん長いこと、正気を失っていたのではないのか。

惣三郎に疲れているようだな、といわれたが、あの二人に、昨夜、そういうことがあったのではないか、と思われたのではないだろうか。

重兵衛の顔は再びゆがんだ。お加代に夜這いをかけられたことにではない。一瞬でも、お加代に溺《おぼ》れそうになった自分の弱さにである。

もっと強くならなければな。

そうしないと、一心に信じてくれているおそのにも申しわけが立たない。

手ぬぐいを腰にぶら下げ、重兵衛は再び畑に戻った。日光にあたためられた土のにおいが、体をやさしく包みこむ。気持ちをほっとさせるものが、このにおいにはある。昨夜のことも、このまま忘れられるのではないだろうか。

「重兵衛さん」

背後から呼ばれた。

振り返ると、濡縁にお加代が立っていた。平皿を手にしている。明るい笑みを浮かべていた。

「おいしいおむすびをつくったんだけど、召しあがる」

おむすびか、と重兵衛は思った。昼餉は食べたが、小腹は空いている。畑仕事をしていると、腹の減りが早い。

「いただこう」

重兵衛は井戸に歩み寄り、釣瓶《つるべ》を使って水を汲みあげた。手を洗い、それから濡縁に向かった。

「ねえ、重兵衛さん」

濡縁に尻を預けるのと同時に、お加代がいった。

「そこ、土がついているわ」

お加代が自分の手ぬぐいを使い、首筋と胸元の土を取ってくれた。

「すまぬ」

「ちょっと赤くなっちゃったわ。ごめんなさいね」

「いや、謝るようなことではない。ありがとう」

皿には小さめの握り飯が三つ、並んでいる。どうぞ、といわれて重兵衛は手にした。塩むすびである。口に入れると、ほろりとほどけてゆく。絶妙な握り加減といっていい。塩の量もちょうどいい。

「いかが」

「すばらしいな。塩加減もよい」

「うれしい」

娘のように体をくねらせて喜ぶ。

「もっと召しあがって」

重兵衛はその言葉にしたがった。二つめも同じ塩むすびだったが、三つめは塩味がしなかった。お加代が塩をまぶすのを忘れたはずがなかった。

そのまま食べ進めると、なかに梅干しがあった。畑仕事に疲れた体に、すっぱみがしみてゆく。

「うまいなあ」

心の底からいった。

「重兵衛さんはほめ上手ね」

「そんなことはない。思ったことを口にしているだけだ」

「でも、とてもうれしいわ」

お加代はにこにこしている。昨夜のことが嘘だったように思われてくる。

「ねえ、重兵衛さん。おにぎりとおむすびのちがいって知ってる」

重兵衛は考えた。

「二つは同じ物だな」

「ええ、そうよ。でも、どうして呼び名がちがうか、知らないでしょ」

「うむ、知らぬ」

「呼び名としては、おにぎりのほうがずっと古いの。強飯《こわいい》というのは餅米《もちごめ》を蒸したものだけど、それを握ったのを握り飯といったの。それがいつしかふつうのお米に替わり、おにぎりと呼ばれるようになったのよ」

「ほう、そうか。知らなかったな」

「おむすびは三角のものを呼ぶともいうらしいけど、おにぎりをいい換えた女房言葉だというわ」

女房言葉というのは、宮中に仕える女房が用いはじめたといわれる言葉だ。

「おむすびっていう、やさしげな響きは、いかにも女が使いそうでしょ」

なるほど、その通りだな、と重兵衛は相づちを打った。

「おこわ、おなか、おつむ、おかか、おならなんかも女房言葉ね。おひやも確か、そうだったわ」

おひやといえばお茶がなかったわね、といい、空の皿を手にしてお加代が立った。

「お茶と一緒に食べたほうがおいしいのに、気がきかなかったわ」

お加代が台所に向かう。すたすたと小気味いい音が遠ざかってゆく。

日暮れまで、あと一刻ほどだろうか。だいぶ日が長くなってきた。風が涼しさを帯びてきている。

寅吉のことが思い浮かぶ。惣三郎から引き取ったあと、懸命に我が子を探していた二親と会って、無事を確かめてもらった。

手習所に連れてきてからは、寅吉は素直に手習に励んでいた。もともと手習が大好きな子なのだ。両親にも大事にされ、すくすくと育っていた。

それが、いったいどうして本当の親ではないといいだしたのか。

「こんにちは」

声をかけてきた者があった。重兵衛は濡縁から腰を浮かせた。

「やあ、いらっしゃい」

左側の庭の入口におそのが立っていた。教場の入口脇に庭に通ずる小道があり、そこを来たようだ。惣三郎や左馬助もよく使う道である。

「あの、重兵衛さん、おなかが空いたんじゃないかと思って、こんなものをつくってきたんですけど」

「なにかな」

布巾《ふきん》がかかった皿を抱えている。

もしや、と重兵衛は思った。近づいてきたおそのが、ここに置いていいですか、といって皿を濡縁にのせた。はにかむような表情を見せたあと、布巾をそっと払う。

あらわれたのは、案の定、おにぎりだった。

「こいつはうまそうだ」

お加代のにくらべたら、だいぶ大ぶりのものが二つ並んでいる。まん丸で、たっぷりと海苔が巻かれていた。

「おそのちゃん、ここに座ったらどうだ」

重兵衛は隣を手のひらで示した。

「はい、では失礼いたします」

ていねいにいって、腰をおろす。濡縁はきしむような音は立てなかった。

「いただいても」

重兵衛は、二人のあいだにある皿のおにぎりを指さした。

「もちろんです」

重兵衛は重みのあるおにぎりを手に取り、頬張った。

お加代のものとはまったく異なるが、これはこれでとてもおいしい。なにより愛情が感じられる。これ以上、食べ物をおいしくさせるものはない。

いかがですか、という顔でおそのがじっと見ている。その真剣さがいじらしいほどだ。

「うまい」

重兵衛がいうと、おそのがほっとしたように顔をほころばせた。

一つめの具は梅干しだった。二つめはおかかだ。

おかかというのが、お加代に教えられるまで女房言葉というのは知らなかった。鰹、あるいは鰹節からきているのだろうか。

鰹節にやや甘みのついた醬油が実に合い、旨みが口中に広がる。

「あら、またおにぎりを食べてるの」

うしろからお加代がやってきて、重兵衛のうしろに正座した。湯飲みののった盆を畳の上に置く。

まずいことになった。ここにまだいることは、おそのは知らないはずだ。

重兵衛は握り飯を咀嚼《そしゃく》し、のみこんだ。

びっくりした顔で、おそのがお加代を見つめている。

「なに、まだいたの、とでも思っているの」

「そんなことはありませんけど」

「大丈夫よ。私にやさしくしてくれたから、あんたを傷つけるような真似は決してしないから」

あの、とおそのがいった。

「また、というのは」

「この人、さっき私のつくったおにぎりを食べたばかりなのよ」

余計なことを、と思ったが、重兵衛は別のことを口にした。

「しかし、先に食べた握り飯だけでは正直、足りなかった。おそのちゃんのおにぎりで、俺はようやく満腹になれた。それに、おそのちゃんのおにぎりはとてもおいしかった。これは嘘なんかじゃないぞ」

　自分でも、いいわけがましいと感じた。きいているほうは、もっとだろう。

「どうしてここにお加代さんが」

　おそのが重兵衛にきく。悲しそうな顔をしている。

「勝手に居着いたんだ。出てゆけといっても出ていかぬ。行くところがないんだそうだ」

「そうよ。行くところがない私に憐れみをかけて、重兵衛さんは私を置いてくれているの。それに――」

　思わせぶりに言葉を切った。

「それに、なんですか」

　おそのが素直にきく。

「もう私たち、他人ではないの」

　おそのもそうだったが、重兵衛も啞然とした。口がぱかりとひらく。

「な、なんだと」

　お加代が重兵衛を媚びを含んだ目で見る。

「あら、まさか昨日の夜のことを忘れてしまったわけじゃないでしょうね」

「なにもなかったではないか」

おそのが無言で立ちあがり、口を押さえて駆けはじめた。

「おそのちゃんっ」

重兵衛は立ちあがって叫んだが、それでおそのが立ちどまるはずもない。あっという間に姿はかき消えた。

おそのと入れちがうように、また来客があった。

今度は寅吉の父親だった。どっさりと青物が入った籠を背負っている。

「あの、かまいませんか」

おそのと出くわしたようで、まずいところに来ちまったかな、という思いが表情に出ていた。

「かまいません」

立ったまま重兵衛は平静な顔をつくっていった。

寅吉の父親は辰三《たつぞう》という。じき五十を迎える頃だろう。女房のおつる同様、働き者として知られている。

実際、重兵衛が家のそばを通りかかると、夫婦そろって畑のなかにいることがほとんどだ。

辰三はお加代を気にしている。

「あの、ご内儀ですか」

「いえ、ちがいます」

重兵衛ははっきりと答えた。

「ただの居候です」

「はあ、居候ですか」

辰三は釈然としない顔つきだったが、思い直したように背中の籠を地面に置いた。

「これをどうぞ。召しあがってください」

胡瓜《きゅうり》にかぼちゃに茄子、にら、野蕗、さつまいもなどが、籠のなかにところ狭しと積みあがっている。

「あら、すごい」

声をあげたのはお加代だ。

「これでまた大事な旦那さまに、おいしいものをつくってあげられるわ」

辰三がいぶかしげに見る。

「旦那さま……」

「手前のことではありません」

重兵衛はきっぱりと辰三に告げた。

「なに照れてるの」

「照れてなどいない」

重兵衛は辰三に向き直った。

「失礼しました。本当にいただいてもよろしいのですか」

「もちろんです」

辰三が深く辞儀する。

「寅吉を見つけてくれたのはお師匠さんですから、そのお礼です」

「当然のことをしたまでです」

重兵衛は濡縁に座るように辰三にいった。ありがとうございます、と辰三が腰をおろした。

「ああ、こりゃ楽ちんだ」

うれしそうに笑ったが、すぐに表情を引き締めた。

礼だけでなく寅吉についての話があるのだろうと重兵衛は察し、辰三の横に並んで座った。

「下がっていてくれ」

うしろのお加代にいった。

「今朝、重兵衛さんが手習を途中でやめて探しにいった子のことね。確かに私は邪魔者だわ」

お加代が立ち、また台所のほうに消えていった。

「寅吉の様子はいかがですか」

重兵衛は水を向けた。

「今はおとなしくしています。さっきも本を読んでいました」

「さようですか。それはよかった」

辰三がうつむき、ぽつりといった。

「あっしが悪いんですよ。ほんの数日前、久しぶりにうまい酒を飲んだんです。それでひどく酔っ払っちまって、つい口を滑らせちまったんです」

なにをいったのか、興味があったが、重兵衛は黙って待った。

辰三はしばらく口を閉じていた。決意したように顔をあげる。

「あっしは、寅吉が自分たちの子でない、といっちまったんです」

「寅吉が実の子でない」

今朝、確かに寅吉はそんなことを口走っていたが、重兵衛は本気にしなかった。

しかし、まことのことだったのだ。寅吉が受けた衝撃はいかばかりだったか。

すまぬ、寅吉。

重兵衛は心で謝った。

それならば、手習に二日続けて来なかったのも解せるというものだ。

「どういう事情なのです」

重兵衛はたずねた。

「お話しできぬとおっしゃるのなら、これ以上おききしませぬ」

大丈夫です、と辰三がいった。

「寅吉はあっしの末の妹の子なんです。妹はあっしと歳は十五も離れていました。妹は誰が父親かわからない子を生みました。でも、産後の肥立ちが悪くて、あっけなく逝ってしまったんです。それで、子がほしくてもできないあっしたちがもらったんです。それがちょうど十年前のことです」

そういうことだったのか。

「いまだに父親が誰か、わかっていないのですね」

「想像はつきます。以前、赤坂の氷川神社のほうに旅の芝居一座がやってきて、一月ほど興行していったことがあったんです。そのとき妹は、そこの花形役者に一目惚れしたそうです。通い詰めていたそうですから、おそらくその花形役者に……」

あるいは、父親はほかの役者かもしれない。花形役者に会わせるという甘言につられ、どこかに引きずりこまれ、手込めにされてしまったのかもしれない。

それも、男は一人ではなかったとしたら。

もしそうなら父親の名をいえないのも当然で、御上に訴えようにも、そのときにはすでに、芝居一座は赤坂の氷川神社をあとにしていたのかもしれない。

それで、妹は泣き寝入りした。するしかなかった。

これは、あまりにひどすぎる筋書だろうか。

辰三が静かに言葉を続ける。

「寅吉は、三鈷坂近くのあのきれいな女の人を実のおっかさんだと信じているみたいなんです。迎えに来てくれたんだと今もかたく信じているんです」

力なく首を振る。大きなため息を盛大についた。

「あっしは、なんて馬鹿なことをいっちまったんだろう」

三

もうじき日が暮れる。あと半刻ほどだろうか。夕暮れの色が江戸の町を色みはじめていた。

まったく一日が終わるのは、早えもんだな。これじゃあ、あっという間に歳を取るのも、当たり前ってわけだぜ。

惣三郎は額に浮いた汗を指先でぬぐった。立ちどまり、振り向く。善吉の着物になすりつけた。

善吉が眉尻を下げ、不思議そうに惣三郎を見る。

「旦那、いったいこれはなんの真似ですかい」

「俺の汗をふかせてもらった」

「ええっ」

「なんでそんなにびっくりするんだ」

「旦那、どうしてそんなこと、するんですかい」

「いいじゃねえか。なんとなく、そうしたかったからだ」

「だって旦那の汗、くさいんですよ。一度しみついたら、取れないんですから。かめむしよりたちの悪いにおいだってこと、知っているんですかい」

「かめむしだと」

小さい頃はよく耳にしたが、大人になってからは滅多にきかなくなった。

「なんだっけな、それ」

「旦那、かめむしを知らないんですかい」

善吉があきれたようにいう。

惣三郎は唐突に思いだした。

「へっぴりむしのことか」

善吉が怪訝《けげん》そうにする。

「かめむしって、へっぴりむしっていうんですかい」

「ああ。くさがめとか、へこきむしともいうな」

「へこきむしってのは、きいたことがありますねえ」

「まったくこの馬鹿野郎が」

惣三郎は善吉の頭を叩こうとした。だが、すぐにやめた。

「どうして殴るんですかい」

「殴ってねえだろ」

「じゃあ、どうして殴ろうとしたんですかい」

「俺のことを、へこきむし呼ばわりしたからだ」

「あっしがいったのはかめむしですよ。それで、どうして殴るのをやめたんですかい」

「殴らねえって約束したからだ」

善吉が意外そうにする。

「へえ、旦那が約束を守るなんて」

「武士に二言はねえっていったはずだ」

惣三郎は善吉の肩を軽く叩いた。

「よし、善吉、仕事に戻るぜ」

元岡っ引の岳造がしていた悪さというのは、ほとんどが強請《ゆすり》だった。

最近、したばかりの強請があるということがわかった。

岳造が一人の男を呼びだしては、金をせびっていたらしいのを、何人かが目にしていた。

男は渋々ながらも渡していたという。

その男というのは、木挽町七丁目にある呉服屋の吉江屋《よしえや》の番頭だった。名は誠太郎《せいたろう》といった。

吉江屋は呉服屋としてはかなりの大店《おおだな》で、奉公人は百人近くいる。番頭も七、八人はいるだろう。

誠太郎はやり手として知られ、まだ三十代半ばにもかかわらず、番頭としてばりばりと活躍している。

吉江屋の一人娘のお静《しず》の婿になることも決まり、まさに順風満帆を絵に描いたような男である。

それが岳造のような男に脅されていたというのは、不思議な気がする。

でもまあ、そんな男ほどやっかまれたりして、いろんな落とし穴があったりするもんなんだよな。

惣三郎は誠太郎をさっそく外に呼びだし、橋のまんなかできいた。汐留川《しおどめがわ》にかかる汐留橋である。

橋といっても短く、人が繁く行きかっている。潮の香りがかすかにしている。これが満潮なのか、干潮なのか、惣三郎には見当がつかなかった。橋の下の流れは油を垂らしたようにとろりとして、滞っている。ときおりぼらしい魚がはねる。上空をとんびが舞っていた。

ふむ、こいつは満ち潮なのかもな。海のほうから流れが押されて、こういうふうになっているんだろう。

呼びだされた誠太郎は、不安げな眼差《まなざ》しを惣三郎に向けている。そばを行く人たちの好奇の視線にさらされていることも、気分を落ち着かせないようだ。

主家の婿になる若手の番頭ときいたから、端整な顔立ちをしているのではないか、と勝手に思っていたが、誠太郎は細い目が三日月のように垂れ、頬がふっくらとし、唇は厚く、鼻は見事な団子という、三拍子も四拍子も逆にそろった男だった。

これだけまとまった男ってのは、そうはなかなかいねえよなあ。

惣三郎は横目で吉江屋の番頭を見て、そんなことを考えた。

「岳造って男、知っているな」

いきなり顔を向けて、惣三郎はずばりきいた。

「えっ、ええ」

誠太郎がうなずく。たるんだ顎の肉がぷるんと揺れた。

「揺すられているのか」

誠太郎が真っ青になる。

「まさか、そのようなことはございません」

「あるんだろ」

惣三郎は決めつけた。

「何人もの人が、おめえが店の裏に呼びだされて岳造に金を脅し取られているところを見ている」

「そんなことは――」

惣三郎はにやりとした。

「ありません、っていいてえのか。岳造は俺とちがって人目を避けるってことをしてくれたようだが、結局はそんなものなんだ。壁に耳あり障子に目あり、は家のなかだけじゃねえ」

惣三郎は、誠太郎が立派な耳たぶをしていることに気づいた。

ふむ、吉江屋のあるじはこの耳たぶを買ったのかもしれねえな。なにしろ本物の福耳だものな。

大きな耳に口を近づけ、惣三郎はささやきかけた。

「さあ、吐いちまいな」

「しかし」

「岳造は殺されたぞ」

「ええっ」

誠太郎はぴょんと跳びあがった。驚きぶりは本物だ。

「まことですか」

「ああ」

「いつのことですか」

「今朝、死んでいるのが見つかった」

「どこでです」

「自分の家だよ」

「岳造さんの家」

「知っているな」

誠太郎が首をぶるぶると振る。耳たぶも揺れた。

「存じません」

「そうかい」

惣三郎は腕組みした。

「殺されたのは、昨夜遅くだ。おめえ、昨日の夜はどこにいた」

「店でございます」

「出かけなかったのか」

「手前どもは、他出はなかなかできませんから」

それは事実だ。外に出るのを一つ取っても、奉公人はあるじの許しを得なければならないのだ。

「それを明らかにできるか」

「はい、できます」

誠太郎が自信たっぷりにいう。このあたりに、やり手の雰囲気が漂う。

「手前はあと二人の番頭さんと一緒の部屋ですから、その二人が手前がどこにも出ていないのを証してくれます」

そうかい、と惣三郎はいった。

「それならば、おまえさんは岳造を殺していないということでいいや」

じっとうしろできいていた善吉が惣三郎の袖を引く。

「旦那、そんないい加減でいいんですかい」

「こいつはどうせしろだよ。ほかの番頭に話をきいたってどうせ今の言葉を裏づけんだ。わざわざ話をききに行くのは、面倒くせえじゃねえか」

「そんなあ」

「うるせえ、がたがたいうな。こいつはしろだ、わかったな」

惣三郎は誠太郎に向き直った。

「すまなかったな。内輪のもめ事だ」

誠太郎はほっとしているようだ。

「おめえさんから疑いは消えたよ。ほかの番頭に話をききに行くこともねえ。だから、どんなことで岳造に脅されていたか、話しちゃくれねえか」

惣三郎は真摯に頼んだ。

わかりました、と誠太郎が間を置くことなくいった。

「女です。あっしは亭主のいる女に手をだしちまったんです」

そういうことか。そういえば、美人局《つつもたせ》は岳造のよく使っていた手だったな。

「そいつが、美人局ってことはわかっていたのか」

「そのときは正直わかりませんでした。あとからわかったのでございます」

「よし、そのときの事情をきかせてもらおうじゃねえか」

はい、と誠太郎がうなずく。

「一月ほど前のことにございます。久しぶりに他出を許され、手前は一人で飲みに出たんです」

ほう、一人でか。やはりできる男ってことで、他の者に敬遠されているのかな。

「そのときはけっこうお酒をすごしてしまったんですが、足取りはふだんと変わらなかったんです。そろそろ帰ろうと思ったとき、道端で苦しそうにしゃがみこんでいる女性《にょしょう》を見つけたんです。見すごしにできず、手前は声をかけました」

続きは惣三郎が引き取った。

「その女は若くてきれいで、お酒を飲みすぎて歩けなくなってしまいましたとでもいったんだろう。家はすぐそこですから、送っていただけませんか。おまえさんはそれに乗ってしまったわけだ」

　はい、と体を縮めて誠太郎が答える。

「家に入った途端、抱きつかれまして、寂しいの、後生だから帰らないで、と懇願され、女の肌は久しぶりということもあり、つい頭に血がのぼってしまいました。そしていざことに及ぼうとしたとき――」

「岳造があらわれたというわけか」

「はい。てめえ、俺の女房になにしやがるってすごまれまして。女は女で、手込めにされそうになったの、とさめざめと泣きまして。岳造さんは、よし、出るとこでようじゃねえかっていいました。手前はそんなことになったら、職も失いますし、せっかくまとまったばかりの縁談も破談になってしまうでしょう。すべておしまいですから、お金で解決できれば、と申しました」

　惣三郎は苦笑するしかなかった。

「そいつは岳造の思う壺《つぼ》だったな」

　誠太郎ががっちりとした肩を落とした。背が縮んだように見える。

「はい、お金を何度もせびられて、ようやくそのことに気づきました」

「貯えをむしり取られたのか」

「はい、ほとんどやられました。もし次に来られたら、すべてというところまでさていましたから」

惣三郎は目を丸くした。

「そんなに取られちまったか。岳造の野郎、容赦しなかったんだな。その金、取り返してえだろうな」

誠太郎の目が期待に輝く。

「もしや、取り返せるのですか」

「無理だな」

惣三郎は素っ気なくいった。

「もうとうに使っちまっただろう。あの世に請求に行くわけにもいかんし」

「そうですよね」

誠太郎が残念そうにうなだれた。

「今のところ、あるじや娘には知られていねえのか。縁談は無事なんだな」

「はい、破談にはなっていませんから」

「岳造はまちがいなく死んだ。だから、そのことについてはもう案ずることはないぜ」

「はい、殺された岳造さんには悪いですけど、安堵しました」

「殺されるような真似をしているほうが悪いんだ」

惣三郎は誠太郎を見つめた。

「最後に一つ、教えてくれ。美人局の女の住みかだ」


惣三郎と善吉は一軒の家の前に立った。すでに夕暮れの色がだいぶ濃い。腰高障子を通じて、なかから灯りの色が漏れている。

「いるかい」

善吉が腰高障子をほたほたと叩く。

「はい」

艶っぽい女の声で応えがあった。腰高障子の向こう側で人の気配が動く。

「どちらさまですか」

「町方の者だ」

これは惣三郎がいった。

「町方のお方……」

惣三郎は名乗った。

「北町の……」

心張り棒がはずされる音がし、からりと腰高障子があいた。

化粧が濃いが、確かに器量よしだ。歳は二十を少し越えた程度か。じきに年増といわれてもおかしくない歳といってよい。目が澄んでおり、美人局をしているような女にはまるで見えない。

足を洗いたがっているにちがいねえ。この女も岳造に弱みを握られて無理矢理やらされているんだろう。

「岳造を知っているな」

惣三郎は前置きなしにいった。

「はい」

「死んだぞ」

ひっ、と女が喉を鳴らした。不意に土間にしゃがみこみ、泣きはじめた。

この女、本気で悲しんでやがるぞ。岳造が死んだときいて嘆く女がこの世にいるとは、夢にも思わなかったぜ。

声をかけるわけにもいかず、惣三郎と善吉は軒下に立ったまま、女が泣きやむのを待つしかなかった。

暮れ六つの鐘の音が、どこからか流れてきた。それを合図にして、女はようやく泣きやんだ。四半刻ばかり泣き続けていたのではあるまいか。

長かったな。まったく何度声をかけようと思ったか、知れやしねえ。

「お入りください」

女がつぶやくようにいった。

惣三郎と善吉はその言葉にしたがった。

家は三部屋ほどはありそうだ。あまり家財はない。大きな箪笥《たんす》と立派な文机が目立つ程度だ。

こまめに掃除をしているらしく、こぎれいに片づいている。

「お座りください」

二人に座布団をだしてくれた。惣三郎は甘えた。善吉はうれしそうだ。やわらかさを手で確かめている。

「おめえさん、岳造が死んで、そんなに悲しいのか」

「はい、あんなのでも父親ですから」

「えっ、娘か」

惣三郎はまじまじと見た。

「あまり似てねえな」

「幸い、といっていいのか、親子らしく見えませんでしたね」

「親子で美人局をしていたのか」

女がうなだれる。

「ご存じでしたか」

「でも、おめえを引っぱるような真似はしねえよ。安心しな」

女はありがとうございます、と頭を深々と下げた。

「おとっつあんが死んで、ようやくこの商売から足を洗えます」

女がまっすぐ惣三郎を見つめてきた。

「おとっつあんは殺されたんですね」

そうだ、と惣三郎は答えた。

「俺は岳造を殺した者をとらえたい。力を貸してくれ」

「もちろんです」

女が強い口調でいった。

「ありがてえ。さっそくきくぞ。岳造にうらみを抱いていた者だ」

　女が無念そうに首をひねる。

「それが私、なにも知らないんです。離れて暮らしていましたし、おとっつあんはときおり思いだしたように訪ねてくるだけでしたから」

「最後に来たのはいつだ」

「五日前です」

「そのとき岳造と話はしたのか」

「はい。珍しく泊まっていきましたから。虫の知らせというのか、自分の寿命がもうじき尽きることがわかっていたわけでもないでしょうけど、もしかしたらそんな勘が働いたのかもしれません」

「二人でどんな話をした」

「私が幼い頃の思い出話が主でした。おとっつあんが待望していてようやくできた子で、体も弱かったものですから、だいぶ心配させられたといっていました」

　それだけ大事に育てた子を、美人局に使うなんざ、親の風上にも置けねえ男だが、子にとっては、それでも何物にも代ぇがたかったのかもしれねえな。俺の子らは、俺のことをどう思っているのかな。俺があいつらのことを思うくらい、大事に思っていてくれるだろうか。

「ほかにはどんな話をした。仕事の話はしなかったか」

「はい、美人局の話は出ませんでした」

「岳造はいま美人局しか、していなかったのか」

女が思いだそうとする。

「私にはわかりませんが、ここで酒を飲んだとき、まさ、とぶつぶつと一人でつぶやいているのがきこえました」

「まさ。人の名か」

「私はそう思いました」

「まさ、という名の者に心当たりは」

女が首を横に振る。

「私は存じません」

「そうかい」

惣三郎は深くうなずいた。

「ありがとよ。これで終わりだ。——いや、ちがった。岳造は下っ引を何人か使っていたな。そのなかで最も重用していた男がいるんだ。名は確か……」

惣三郎は考えこんだが、出てこない。歳を取るにつれ、こういうことが実に多くなってきた。

「なんか四季の一つがついているような名だったんだが」

「安喜造《あきぞう》さんですか」

「それだ、それ」

惣三郎は喜色をあらわにした。

「安喜造だ。今どこでなにをしているか、知っているか」

「はい、存じています」

惣三郎は勢いこんだ。

「教えてくれ」

女が告げる。

「ありがとうよ」

惣三郎は席を立とうとした。

「もう一つ教えてくれ。――おめえさんの名だ」

「お連さん、きれいでしたね」

善吉がしみじみといった。

「また惚れたのか」

「悪いですかい」

「惚れるのは自由だが、たいてい、おめえはうまくいかねえじゃねえか」

「いかないですねえ。どうしてですかね。あっしも重兵衛さんのようにもてたいですよ」

「人としての造りがあまりにちがうからな、重兵衛並みにもてるというのは、ちと厳しいだろうな」

「やっぱりそうですかねえ」

「だが、蓼食《たでく》う虫も好き好きというからな、おめえを好きになってくれる娘っ子も必ずやあらわれるよ。善吉、それを気長に待てばいいやな」

善吉が殊勝げにうなずく。

「はい、旦那のいう通りにしますよ」

それでお連のことは終わりかと思ったが、善吉はなおも続けた。

「これからお連さん、どうするつもりなんですかね」

「誰かの囲い者にでもなるんじゃねえのか。いや、もうなっているな、ありゃ。家のなかがいやに片づいていたし、かすかに煙草《たばこ》のにおいもした。俺も煙草はのまねえが、のまねえ人間には吸うかどうか、よくわかるもんだ。お連は吸わねえ。ということは、ちょくちよく来る客が吸っているということだ」

「それがお連さんの旦那ですかい」

「多分な」

それで本当に善吉は黙りこんだ。

驚いたことに、安喜造は料亭のあるじにおさまっていた。芝口南《しばぐちみなみ》の桜田《さくらだ》兼房町《かねふさちょう》にある伊平《いひら》という店だ。

構えの大きい店である。まだできて何年もたっておらず、さすがに木の香りはしていないとはいえ、いくつもの灯りに照らされて、店のなかの柱や梁がつやつやと光を帯びている。

ちょうど夕飯の刻限で、だしや醬油のにおいや魚、貝を焼いている香りが漂い、惣三郎と善吉は空腹であることを思い知らされた。腹の虫が激しく鳴く。鳴くたびに痛いくらいだ。

惣三郎と善吉は一間の座敷に通された。鳴物の音がしてくる。酒のほんのりと甘い香りが鼻先を通りすぎる。

くそっ、たまらねえなあ。今ここで存分に飲み食いさせてやるっていわれたら、どんなに重い罪を犯した者でも、見逃しちまうだろうなあ。

「失礼いたします」

穏やかな声がかかり、襖《ふすま》が静かに横に引かれた。

「これは河上さま。ご無沙汰しております」

敷居際で安喜造が両手をそろえる。

「こちらこそ、なにも知らずにすまなかったな」

なんのことです、というような顔を安喜造がする。

「おめえが、こんな立派な料亭のあるじにおさまっていることだ」

「おや。河上さまに、ご挨拶をいたしませんでしたか。それはご無礼いたしました」

まったく白々しい野郎だ。このあたりの縄張の主が誰かなど、こいつが知らねえはずねえじゃねえか。

安喜造が前に出てきた。襖を閉める。意外に優雅な所作だ。惣三郎のほうにゆっくりと向き直った。

「おめえは昔から無礼だったからな。でも、あの話は今でも番所内で語り草だぞ。覚えているだろう、安喜造」

一瞬、安喜造の目に光がよぎっていった。

「なんのことでございますか」

「あれは七、八年くらい前の捕物のときだよ。凶悪な押し込みの連中をつかまえるために、隠れ家を急襲しただろう」

「はて、そのようなこともございましたか」

「なんだ、覚えてねえのか。あまりに怖くて、おめえ、おっきいほうを漏らしちまったじゃねえか。今から捕物にかかろうって皆が緊張しているとき、ぷーんとにおってきたからたいへんだったんだ。おめえ、あのとき捕物からはずされたんだったな。まだ思いださねえか」

安喜造が、顔をゆがめるような笑いを見せた。

「はい、思いだしました」

「あれはおもしろかったなあ」

「さようでしたか」

つまらなそうに安喜造がいう。

「あれからおめえ、垂れ造って渾名《あだな》がついたんだよな」

安喜造は答えない。

「垂れ造っていうのは、うんこ垂れからきているんですか」

うしろから善吉が、ささやき声できいてきた。

「そうだ」

安喜造がいやな顔をしている。

「それで河上の旦那、今日はどんな用でいらしたのですか。こちらですか」

安喜造が懐から紙包みを取りだし、渡そうとする。

「おう、ありがとよ。断るのも角が立つだろうから、こいつはいただいておくぜ」

惣三郎は、紙包みを袂《たもと》に落としこんだ。遠慮を見せないのはいかにも旦那らしいな、という顔をうしろで善吉がしているのが、見ずともわかった。

「なかなか心地よい重みだな。けっこう奮発してくれたみてえだな」

「はい、それはもう」

「しかし、用件はこんなものじゃねえんだ。岳造が死んだ。知っていたか」

安喜造が大きく目を見ひらく。

「まことですかい」

下っ引をしていたときの地が出た。

「ああ、今朝、死骸が見つかった」

「どこでですかい」

「自分の家だ」

「いつ殺されたんですかい」

惣三郎は安喜造を冷ややかに見た。

「昨夜だ。おめえ、昨夜はなにをしていた」

安喜造がのけぞる。

「河上の旦那は、手前が殺したと考えていらっしゃるんですかい」

「考えられねえわけではねえだろう」

「手前は殺っていません。昨夜は大きな宴会があり、手前も駆りだされていました。後片付けなどすべてが終わったときは、九つをまわっておりましたよ。それから横になりましたが、すぐに寝入ってしまいました」

「それを明らかにしてくれる者がいるか」

「奉公人の一人ですが、証言してくれるでしょう」

「おめえ、奉公人に手をだしているのか」

「いずれ家を持たせようと思っています」

「妾《めかけ》にするのか」

「はい、そのつもりでおります」

安喜造がわずかに膝を前に進ませた。

「それに、手前は岳造の親分にうらみなど抱いていません。殺すわけがありません」

「いろいろ悪さを教えてもらったからか」

「以前はそうでしたね。でも、今は真っ当に商売をしています」

「そのようだな。だが、どうやってこんなに立派な料亭を手に入れた。よっぽど阿漕《あこぎ》なことをしなきゃ無理なんじゃねえのか」

安喜造が余裕の笑みを見せる。

「手前は阿漕な真似などしていません。一所懸命に働き、ようやくここまでになったのでございますよ」

「そうかい。そりゃたいしたものだ」

惣三郎は少し間を置いた。

「おめえ、岳造にうらみを抱いている者を知らねえか」

安喜造が首をひねる。

「最近、岳造親分には会っていなかったものですから」

「最後に会ったのはいつだ」

「もう三年以上も前じゃありませんかね」

そうかい、と惣三郎はいった。

「最近、岳造の話が出たことはねぇか。噂話が耳に入ってきたようなことは」

安喜造がしばらく考えこむ。

「そういえば、一つありましたね」

「きかせてくれ」

はい、といって安喜造が唇に湿りをくれた。

「岳造親分の下っ引をつとめていた男ですけど、政吉《まさきち》という男が久しぶりに会ったといっていましたね」

お連がいっていた『まさ』というのは、この政吉ではないのか。

「ありがとうよ、安喜造」

政吉の居場所をきいて、惣三郎は礼をいった。

「いえ、さしてお役にも立たず」

「そんなことはねえよ」

「河上の旦那」

安喜造が、真剣な面差しで呼びかけてきた。

「岳造親分の仇を取ってやってください」

「おう、まかしときな」

惣三郎は胸をどんと叩いた。咳が出そうになったが、我慢した。

「必ずとっつかまえて、獄門にしてやる」

「お願いします」

安喜造が畳に両手をつく。

「手前は岳造親分には、本当に世話になったんです。できれば手前も探索に加わりたいところですが、もう捕方からは引退して久しい身です。なんのお役にも立てんでしょう。河上の旦那、どうか、よろしくお願い申し上げます」

「うむ、まかしておけ」

惣三郎はもう一度、力強くいった。

「それからな、安喜造。おめえのことは、もう二度と垂れ造なんて呼ばねえから、安心しな。——ただし」

惣三郎は言葉を切り、息を整えてから静かに続けた。

「新しく妾にする女の前で、お漏らしなんか決してするんじゃねえぞ。必ず愛想を尽かされるぞ。俺はそういう男を一人ならず、知っているからな」

政吉の長屋は北新網町《きたしんあみちょう》にあるとのことだ。

もうすっかり江戸の町は夜の衣に包まれ、行きかう者は提灯をつけている。

善吉も小田原提灯をつけ、惣三郎の船頭をしている。

「しかし、帰る方向とは逆というのはまいるな」

惣三郎は善吉の背に向かって、愚痴《ぐち》った。

惣三郎たちはいま東海道をのぼっているのだ。北町奉行所は呉服橋御門《ごふくばしごもん》にあるから、まったく逆の方角なのである。

「まあ、仕方ありませんねえ」

善吉があきらめたような口調でいう。

「このあたりのつきのなさは、旦那の持ち味の一つでしょうから」

「そうだなあ。俺はこういうところがつきがねえなあ。なにか悪いこと、したかな」

「いろいろでしょうねえ」

「しかし、お天道さまに顔向けできねえことは、なに一つやってねえぞ」

「さいですかい。忘れているだけじゃ、ありませんかい」

「てめえ、俺がいつまでも殴らねえと思って、甘く見てやがんな」

「えっ、殴るんですかい」

「ふん、殴りゃしねえよ」

善吉が胸をなでおろす。

「だがな、あまり調子に乗って俺の目に余ると、鉄拳が飛んでくるからな。善吉、覚悟しておけよ」

「へい、承知しました」

元気よくいった善吉が、提灯を左に向ける。

「北新網町というと、ここを曲がっていくとはやいんですかね」

「そうだな」

二人は路地に入った。

北新網町に足を踏み入れてすぐに、政吉の長屋はわかった。

しかし、政吉はいなかった。夕餉を食べていた長屋の者たちに立て続けに話をきくと、ここ何日も、誰も姿を見ていないのがはっきりした。

長屋の大家にいって、政吉の店を見せてもらった。

なかはなにもなかった。薄っぺらい万年床があるだけだ。

安喜造と同じ岳造の下っ引だったといっても、月とすっぽんくらいの差があるのがはっきりした。

政吉は独り身だった。歳は四十二ということだ。

「ふむ、旦那と同い年なんですね」

善吉がまじめくさった顔でいう。惣三郎は思いきり殴りつけたくなった。だが、なんとかこらえた。

「俺は三十五だと、いったばかりだぞ」

「ああ、さいでしたねえ」

善吉が頭のうしろをかく。

「すっかり忘れてましたよ」

まったくこのぼけ茄子頭め。

心中で毒づいてから、惣三郎は長屋の路地に出た。

「政吉さん、どこに行ったんですかね」

惣三郎は顎の下をなでた。

「岳造は岡っ引をもうやめていたが、強請はやめていなかった。政吉も下っ引の仕事をしていなかったようだが、もし岳造の仕事を手伝っていたとしたら、どうだ」

きかれて善吉が暗い顔になる。

「政吉さんも、岳造さんと同じ運命をたどったと、旦那はいうんですかい」

「もう何日も姿を見ていている者がいねえっていうのが、そのことを裏づけているとは思えねえか」

「そういうふうに考えられすぎて、いやになっちまうんですよ。そのうち、また死骸が出てくるってことですかね」

「かもしれねえ。しかし、まず岳造を殺した犯人をとらえるのには、政吉を見つけなきゃならねえ。今は生きていることを祈るしかねえようだな」

惣三郎は深く息をついた。気分がめいりそうだ。

こんなのに負けてたまるか。俺を誰だと思ってやがるんだ。北町奉行所の星とまで呼ばれた男だぞ。

惣三郎は前を見つめた。重くのしかかってくるような闇を払うように、腕を大きく振った。

北町奉行所に向かって善吉とともに歩きはじめた。

第三章

一

さすがにむっとしている。

重兵衛は唇を嚙み締めた。お加代は、おそのに誤解を与えた。

昨日、夕刻に田左衛門の屋敷を訪れたが、おそのは会ってくれなかった。

仕方あるまい。お加代を追いださず、居着かせたことが最も悪いのだ。だが、しっかりと説明すれば、おそのはわかってくれるだろう。

この程度のことで、断ち切れてしまうような絆ではない。

気持ちが落ち着けば、話をきいてくれるようになる。

そう考えて、重兵衛は白金堂に帰ってきた。

お加代を本気でなんとかしなければならなかった。

いつまでもここに置いておくわけにはいかない。

長くいさせればいさせるだけ、事態は悪い方向に流れてゆく。

また、おとといの夜のようなことが起きないとも限らない。

重兵衛は居間にいて、ごろりと横になっている。肘枕をしていた。あけ放たれた腰高障子の向こうに、丹精こめている畑が見えている。

収穫が楽しみだが、今はそんなことを考えている場合ではなかった。

お加代のことだ。

重兵衛は起きあがった。畳の上にあぐらをかく。

——あれは逃げているのよ。

今日の手習で、お美代が口にした言葉が忘れられない。

うむ、そうかもしれぬ。

重兵衛は心中で深くうなずいた。

もし仮にお美代の言葉が的を射ているとして、お加代という女はなにから逃げているのか。

お美代は、悪いことをして逃げているに決まっているわ、といった。あの顔は、お天道さまに顔向けできないことをしているに決まっているわ。

だが、お加代は河上惣三郎がやってきたとき、平然としていた。ひじょうに落ち着いていた。

もっとも、むしろ惣三郎を恐れなさすぎることで、重兵衛は不審を抱いたほどだ。同じ思いを惣三郎も持ったのではないか。

あれは、町方同心に対し、必要以上に恐れないということを、常に自らにいいきかせているためか。

お加代が犯罪人だとして、隠れ場所を白金村に選ぶ理由はなんなのか。

だが、白金堂にいることは、もう町方の知るところになっている。それに、惣三郎の来訪を受けてからも、なおお加代はこの家にとどまっている。

罪を犯してこののどかな村に逃げてきたというのは、どうやらちがう。

なにかから逃げているとして、ほかになにが考えられるか。

亭主というのはどうか。

十分に考えられる。顔のあざ。あれは亭主に殴られたからではないか。

狼藉《ろうぜき》をはたらく亭主に我慢できず、逃げた。だから、帰る家がない。

だが、どうして白金村なのか。疑問はまたそこに戻ってくる。

お加代にこの村とつながりがあるようには見えない。

――もしや。

重兵衛は唐突に気づいた。

今さら気づくなどどうかしているが、白金村ではなく、お加代の目的はこの俺なのではないか。

亭主に見つかったとき、興津重兵衛という男に守ってもらう。このことこそが目的ではないか。

左馬助とこの庭で立ち合ったときに、お加代は、やっぱり重兵衛さんは強いわ、といった。

あれは、やはり事前に俺の腕を知っていたからにほかならない。

だが、どうすればお加代に自分の腕を知ることができるのか。

俺は、諏訪から江戸に戻ってきてまだ一月がたったにすぎない。

その間、どこかで腕を披露するようなことがあったか。

――あった。

やくざ者とやり合っている。心当たりはあれしかない。

重兵衛は今、脇差《わきざし》しか帯びることはない。あのときは脇差を使うまでもなかった。素手で十分だった。

やくざ者をぶちのめすことになったのは、麻布本村町《ほんむらちょう》の蕎麦屋でのことだ。ほんの半月ほど前のことである。

手習の関係でなく、ふだんに読む書物がほしくて本村町の本問屋へ、手習が終わったあと向かったのだ。

数冊の書物を手に入れ、小腹が空いたので、目についた蕎麦屋の暖簾《のれん》を払った。小上がりが二つと六畳の座敷があるだけの、こぢんまりとした店だった。

土間に足を踏み入れた途端、重兵衛は後悔した。座敷に、やくざ者がいたからだけではない。七、八人の男がだらしなく座り、せっかくの蕎麦切りや天ぷら、酒を食い散らかしていたからだ。しかも、ときおり大声をあげたりしている。

はなから、やくざどもがいることに気づくべきだった。

しかし、いちど入った以上、きびすを返して出る気はなかった。さっさと蕎麦切りを胃の腑に入れ、店を出ればよい。

そうならなかったのは、さんざんに食い、飲んだやくざどもが金を払わずに店を出ようとしたからだ。

もっとも、諍《いさか》いに至った直接の理由は、やくざどもが払いを踏み倒そうとしたからではない。

蕎麦切りを食べ終え、蕎麦湯を喫していた重兵衛が、小上がりに置いておいた書物の入った風呂敷を、やくざ者の一人が手で払い落としたからだ。

なにをする。

重兵衛は立ちあがり、やくざ者の前に立った。

拾うんだ。

強い口調でいった。

だが、やくざ者は十徳を羽織った重兵衛を甘く見た。

おめえ、手習師匠か。ふん、子供相手の甘え商売しやがって。痛い目に遭いたくなかったら、すっこんでな。

重兵衛の胸を押そうとした。重兵衛はその腕をぱしと払った。

やくざ者が酔眼をみはった。

ほう、てめえ、いい度胸、してるじゃねえか。

やくざ者は重兵衛の胸ぐらをつかみ、店の外に引きずりだした。

重兵衛に、引きずりだされたという感じはなかった。なかで暴れては、店の者に迷惑がかかるという思いから、あえて逆らわなかっただけだ。

重兵衛は、荷物を拾えば無礼は不問に付そう、とやくざ者にいった。むろん、やくざ者がしたがうはずがなかった。

酔いも手伝って、すぐさま殴りかかってきた。重兵衛は投げ飛ばした。

地面に叩きつけられた仲間を見て、ほかのやくざ者が次々に飛びかかってきた。

重兵衛は遠慮することなく、すべて投げ飛ばした。

男たちは、一陣の風が吹き去ったのち、すべて地面に倒れ伏していた。

野次馬たちから、すげえという声があがったが、重兵衛にとって豆腐を握り潰すよりたやすかった。

重兵衛はやくざ者の財布を探り、なかから一両を取りだした。足りるかな、と暖簾の陰からこわごわと見ていた店主に小判をかざしてきいた。そんなにいりません、と店主はいったが、これまで何度も食い倒されているんだろう、取っておいたほうがいい、と小判を握らせた。

やくざ者の一人に歩み寄った重兵衛は、二度と勘定を踏み倒すような真似はするんじゃないぞ、と忠告した。もしやったら、今度は投げ飛ばすだけじゃすまぬぞ、よく覚えておくことだ。

書物の入った風呂敷包みは、店主が拾ってくれていた。それを受け取り、重兵衛は自分の分の代金を支払った。店主はいりませんよ、といったが、ここで払わないわけにはいかなかった。

あれをお加代は見ていたのか。

酔っ払ったやくざ者を七、八人、投げ飛ばしたからといって、とびきり腕がいいということにはなるまい。

だが、乱暴をはたらく亭主から守ってもらうには十分だろう。

しかし、あの程度のことで頭に血をのぼらせるとは、俺もまだまだだな。しかも、侍を捨てきっていない。

とにかく重兵衛は、麻布本村町の界隈《かいわい》を調べてみる気になった。

手ぶらでは調べにならない。お加代の人相書が必要だ。

絵は得意とはいえず、むしろ苦手だが、まずまず似ているものを描くことができた。

懐に大事にしまい入れる。

お加代は台所にいる。相変わらずなにかつくっているようだ。

あの包丁の腕。あれは、いったいなんなのか。

やはり料理屋か料亭に奉公していたのか。そこから逃げだしたというのは、考えられないだろうか。

それも忘れないようにしておかねばならない。

重兵衛は沓脱ぎの上の雪駄を履いた。うしろから足音がきこえた。

「出かけるの」

「うむ」

重兵衛は背中で答えた。

「どこに行くの」

「近所だ」

「なにしに行くの」

「おぬしにいう必要はない」

「あら、冷たいのね。もう他人じゃないというのに」

重兵衛は振り向いた。

「立派な他人だろう」

「そうかしら」

お加代はにこにこしている。頬のあざももうほとんど見えなくなっている。

これからしようとしていることが、お加代には見えているのではないか。そんな気がした。

「一緒に行くか」

　重兵衛はいってみた。

「麻布のほうの本問屋へ、書物を買いに行くんだ」

　一瞬、表情を輝かせたお加代が本問屋ときいて顔をしかめる。

「本は苦手なの。『豆腐百珍』みたいな料理の本以外、駄目なのよ。本問屋のあのむっとする紙のにおい。私、きらいなのよ」

『豆腐百珍』は天明二年（一七八二）に出版された書物である。庶民がなじみだした豆腐を取り上げ、ひじょうに親しまれた本だ。著したのは、醒狂道人何必醇《すいきょうどうじんかひつじゅん》。大坂の人物ともいわれているが、本名は定かではない。豆腐料理を尋常品、通品、佳品、奇品、妙品、絶品の六つに位づけし、百の料理法を載せている。

「そうか、ならば仕方あるまい。一人で行くことにしよう」

　重兵衛は静かに体を返し、庭を歩きだした。ひそかに息をつく。お加代を誘ったのは賭けだったが、これで身動きは自由になった。

　刻限は八つ半をとうにすぎている。だが、もしお加代があのやくざどもを叩きのめした重兵衛を見て、ここに逃げこんできたとしたら、お加代がどこに住んでいたか、きっと判明するにちがいない。

まず麻布本村町の本問屋に行き、二冊の本を選んだ。一冊は手習に役立ちそうなのが見つかった。風呂敷で包み、外に出る。

その足で自身番に行き、お加代の人相書を、詰めている町役人らに見てもらった。

しかし、誰もが首をひねるばかりだった。

麻生本村町と一口にいっても、かなり広い。飛び地もいくつもある。

重兵衛は、大寺のあいだにはさまれた本村町の飛び地をすべてまわった。会う人すべてにお加代の人相書を見せた。

だが、お加代を見知っている者を見つけることはできなかった。

お加代は、この町に住んでいないと結論づけるしかなかった。

さすがに落胆はある。

だが、前を向くしかなかった。

お加代の人相書を手に、重兵衛は本村町の北にある善福寺門前西町《ぜんぷくじもんぜんにしまち》や善福寺門前元町《もとちょう》、春桃院門前町《しゅんとういんもんぜんちょう》、麻布一本松町《いっぽんまつちょう》、麻布坂下町《さかしたちょう》、麻布網代町《あじろちょう》、飯倉片町《いいぐらかたまち》、飯倉新町《しんまち》まで足を伸ばした。

だが、結果は同じだった。一人もお加代を見知っている者はいなかった。

素人ゆえ、探し方が悪いのか。料理屋や料亭、一膳飯屋など、食べ物を供するところを探すべきなのか。

すでに夕暮れの色が濃く漂っている。行きかう人の顔も徐々に見分けにくくなりつつあった。

不意に横道から飛びだしてきた男の子が、重兵衛にぶつかりそうになった。ごめんなさいと大声でいって、男の子はそのまま駆け去ってゆく。

そういえば、掏摸《すり》をつかまえたな。あれはどうだろうか。

やくざ者と同じく、ほんの半月ほど前のことだ。いや、考えてみれば、あれは同じ日ではないか。

そうだ。やくざ者を叩きのめしたちょっと前のことだ。

本問屋に行こうとしていたとき、一人の年寄りがよろけてきた。

重兵衛は手を伸ばして支えた。大丈夫かな、と声もかけた。そのとき財布を掏られたことに気づいた。

年寄りは礼をいって離れようとする。しかし、重兵衛は薄い肩に手を置いて、放さなかった。

おいたはいかんな。

なんのことです。

返してもらおう。

なんのことです。

これさ。

年寄りが袂に落としこんだ財布を、重兵衛は手にした。

これはおぬしのではあるまい。

あなたさまは、お侍で。

年寄りの掏摸がきいてきた。

捨てたつもりだが、まだ抜けぬ。

重兵衛は、年寄りの着物の袖をまくった。三本の入墨があった。

これまで三度、つかまっていることを意味している。四度目は死罪だ。

掏摸は三十まで生きられない者がほとんどときく。ここまで生き延びた者は滅多にいるものではないだろう。

もう足を洗ったほうがいいな。俺につかまるなど、衰えたという証《あかし》だろう。

重兵衛は年寄りの腕を放した。

見逃してもらえるんで。

ああ。なにも取られなかったからな。

恩に着ますぜ。

年寄りの掏摸は、風に乗ったようにその場から消え去った。

ただ、それだけのことで、そのあと本問屋に行き、蕎麦切りを食べ、その後、やくざ者を叩きのめした。

お加代は、重兵衛があの掏摸をつかまえたのを見ていたのだろうか。

だが、あんなよぼよぼの掏摸をつかまえたところを見て、重兵衛の腕を見抜くものだろうか。

重兵衛は顎をなでさすった。この癖は惣三郎のものだが、たびたび目にしているうちに移ったようだ。

お加代のあの白くほっそりとした指。よもや掏摸のものではあるまいか。

考えすぎか。

とにかく、あの年寄りの掏摸をつかまえた町に行ってみなければならない。あれは麻布宮村町《みやむらちょう》だ。

日が長くなっているといっても、夜はもう間近に迫っている。

だが、飯倉片町まで来ている今、宮村町はさして遠くない。

うむ、ここだったな。

すっかり暗くなってしまっている。

あたりは提灯を手に行く人ばかりになっている。

重兵衛も小田原提灯に火を灯した。

ここで掏摸をつかまえたのだ。

この町の本問屋で書物を物色したあとだった。これといった本が見つからず、外に出てしばらくしたとき、あの年寄りの掏摸に狙われたのだ。

どうすればよいか、考えた。あの年寄りの掏摸を探しだせれば一番いいのだろうが、掏摸の居どころを見つけだすすべなど、持ち合わせていない。

やはり手は一つしかなかった。お加代の人相書を見せてまわるしかない。

しかし、行きから人に見せてまわるのは無理だ。

店をあけている一膳飯屋や煮売り酒屋に入り、店の主人や小女、女中、客にお加代の人相書を見てもらった。

やはりなかなか見つからなかったが、一膳飯屋で飯をかっこんでいた一人の若者が、なにげなく人相書をのぞきこんで、かすかに顔色を変えた。

手応えがあった。勘ちがいなどでは決してない。若者は、さあ知らないね、と素っ気なくいったが、まちがいなくお加代のことを知っている。

この若者も掏摸なのだろうか。お加代ほどではないが、ほっそりときれいな指をしていた。

この若者にきいても、お加代のことを教えてくれるはずがない。

重兵衛は礼をいって、一膳飯屋をあとにした。

夜のとばりが色濃く降りている夜道を、提灯を手に歩いた。

案の定、うしろからつけてくる気配が背中に届いた。足音を立てないのはさすがといっていいが、あまり上手な尾行とはいえない。見失うまいとして、がちがちに重兵衛を見つめすぎているのだ。

ここまで見つめてしまえば、たいていの者は気づく。人というのは、視線を感ずるようにできている。

道が坂にかかり、のぼりはじめた。確か、ここは一本松坂といったはずだ。

右側は大きな寺の塀が続き、左側は旗本のものらしい武家屋敷だ。

あたりに人けはない。これならちょうどいいだろう。

重兵衛は提灯を吹き消した。寺の塀にぴたりと背中で貼りつく。

狼狽《ろうばい》したような気配が近づいてくる。足音もわずかに立っている。

一つの影が目の前を行きすぎようとしていた。濃くなった闇のなか、はっきりと見えなかったが、煮売り酒屋にいた若者であるのは紛れもなかった。

「おい」

重兵衛は声をかけた。

影が驚いたように立ちどまる。こちらを透かすように見た。

重兵衛は塀から背中を離した。

「なにか用か」

「別に」

「お加代に用があるんじゃないのか」

「そんな女、知らないね」

若者がきびすを返そうとする。

「待て」

重兵衛は、すっと動いて前に出た。若者がぎくりとする。一瞬で壁が立ちはだかったようにしか見えなかっただろう。

「お加代は掏摸の仲間なのか」

「な、なんの話だ」

若者のこの狼狽ぶりからして、肯定したようにしか思えない。

「やはり掏摸だったのか」

だが、お加代は御上から逃げているようには見えない。

となると、なんなのか。

「おぬし、お加代を探しているのか」

「お加代なんて、女は知らねえ」

「それが本当かどうか、確かめさせてもらうぞ」

重兵衛は若者の襟首をつかんだ。

「一緒に来てもらう」

「冗談じゃねえ」

若者があらがう。だが、力士に絡め取られたように体はまったく動かない。重兵衛自身、さして力を入れているわけではないが、この手の体術の類も教わったから、どうすれば身動きの自由を奪えるか、わかっている。

じたばたしようとする若者を引きずって歩いた。途中、提灯に火を片手で入れる余裕を見せると、若者は心を入れ替えたように、とぼとぼと自分で歩を運びはじめた。

「ここだ」

重兵衛は提灯を掲げ、白金堂という扁額を見せた。

「幼童筆学所……手習所か」

若者が重兵衛を不思議そうに見る。

「そうだ、俺は手習師匠をこの村の者にやらせてもらっている」

「やらせてもらっている……」

宗太夫の跡を継ぎ、本気で重兵衛はそう思っている。

教堂の入口脇の道を抜け、重兵衛たちは庭に入りこんだ。

家には明かりが灯り、漏れ出た光が庭木をほんのりと照らしている。

人の気配を感じたか、腰高障子があき、濡縁に人が立った。

「重兵衛さん」

少し怒った声だ。

「遅かったじゃないの」

お加代が不審そうにする。

「一人じゃないの」

「そうだ」

重兵衛は若者を前にだした。

「あら、義之助《ぎのすけ》じゃないの」

お加代が屈託のない声をだす。

「お沙世《さよ》さん」

若者がほっとしたように呼びかける。体から少しだけ力が抜けた。

「いまお沙世といったか」

重兵衛がただすと、お加代が舌をぺろっとだした。

「こっちが本名なの」

お加代は偽名だったか。

重兵衛は少し残念な気がした。それなりに気に入っていた名だったのだ。

「おぬし、掏摸なのか」

重兵衛にきかれて、お加代がすまなげに首をすくめる。

「ばれちゃったか。でも、よく義之助を見つけたわね」

「素人《しろうと》だ、苦労はした」

そうでしょうね、とお加代がいった。

「本を買いに行くというのは、方便だったのね」

「うむ。できれば嘘をつきたくはなかったが。しかし、よい書物を見つけたぞ」

風呂敷包みを掲げた。

お加代がにこりとする。

「それはよかったわ」

二

朝日を浴びて、ざんばらになった髪が波に浮かび、両肩が上下している。右腕が河岸にかかっていた。

着物は藍色のどこにでもある小袖だ。

水死体は、江戸ではあまりに多い。水に浮いている死骸というのはそのまま流れてゆくのを見送ってよいことになっているが、この仏はそういうわけにはいかない。

右腕が河岸にかかっている以上、町方としては見すごしにできない。今のところは変死の扱いだが、そばに葦《あし》が大量に浮いていることから、おそらく簀巻《すまき》にされて、この三十間《さんじっけん》堀《ぼり》に捨てられたものだろう。

殺しだ。

場所は木挽町五丁目と三十間堀六丁目を結ぶ木挽橋のそばだ。木挽町五丁目側の河岸である。

木挽町は慶長の昔、千代田城を建て増しするときに、木挽職人をこのあたりに住まわせたからだという。

木挽町五丁目といえば、陸奥《むつ》棚倉《たなぐら》で六万石余を領する松平家の上屋敷があるが、そこには『雨夜の笛』という不思議な話が伝わっている。

静寂が支配する雨降りの夜、いずこからともなく笛の音がきこえはじめる。松平屋敷の者には外からきこえてくる。しかし、いざ笛の音に誘われるように外に出てみると、屋敷うちで吹いているようにきこえるというものだ。

惣三郎は、笛の音をききたさに何度か雨の夜、松平屋敷の近くまで行ったことがある。町奉行所の組屋敷がある八丁堀からたいした距離ではないのだ。

だが、これまで一度足りとも笛の音を耳にしたことはない。

ちなみに、松平屋敷の向かいの木挽町四丁目に建っているのが、重兵衛の主家だった諏訪家の上屋敷である。

重兵衛は参勤交代で江戸に出てきたとき、諏訪家の上屋敷にいたはずだ。雨が静かに降る夜、笛の音をきいただろうか。

「旦那、さっきからなにをぶつぶついっているんですかい」

うしろから善吉にいわれた。

「独り言をいうようになったら、人間、おしまいか」

「旦那の場合、すでにおしまいになっているような気がしますね」

「おめえ、やっぱり殴られたいんじゃねえのか。俺が殴らなくなって、寂しいんじゃねえのか」

「そんなことありませんよ」

善吉が手と首を同時に振った。

惣三郎は死骸にあらためて目をやった。

この死骸は、簀巻にされたというのに、どういう拍子か葦が破れ、死骸が浮きあがり、しかも河岸に右腕をかけるという状態になったのだ。

どう見ても、この仏は、無念を晴らしてほしいといっている。

ここまでがんばった死骸を、これまで一度も目にしたことはない。いくら怠け者の惣三郎といっても、見すごしにできるものではなかった。

検死医師の紹徳が、助手とともにやってきた。紹徳の指示で、すぐさま死骸が引きあげられた。

体がかなりふくらんでいるが、さほどにおいはしない。この点は、助かった。

紹徳が死骸を裏返しにしたりして、詳しく調べている。惣三郎もそばで見つめていたが、刃物でやられたような傷跡は見当たらないようだ。

簀巻にされたということは、生きながら川に投げこまれたことを意味する。傷らしい傷がないのも当然かもしれない。

惣三郎は紹徳に呼ばれた。

「死後、三、四日たっています。傷は一つもありません。縄目がいくつか体についているくらいですね。ただ、必死にかきむしったんでしょう、指は両手ともに傷だらけですね。死因は溺れ死にですね。歳は五十前後でしょうか」

惣三郎もそのくらいではないか、と目星をつけていた。

「それにしても、よく浮きあがってきたものですね。感心します」

紹徳が感嘆を隠さずにいう。

「それがしも、ここまで根性のある仏というのは初めて目にしました」

仰向けにされた死骸に、惣三郎は視線をちらりと流した。

この仏、政吉じゃねえのかな。

そんな気がしてならない。見覚えがあるような気がするのは、どこかで一度や二度、顔を合わせているからだろう。

しかし、政吉は元下っ引だ。この仏はどこか風格があるというのか、どこか洗練された感じをたたえている。下っ引がこんな品を持つものなのか。

死骸と化して、仏のような温雅さを身につけたのだろうか。

「どうかされましたか」

紹徳にきかれた。

「どこかで見たような顔だな、と思っただけです」

「お知り合いではないのですね」

「ええ」

「まだ身元はわかっていないのですね」

「まず、それから調べてゆくことになると思います」

「すぐにわかるとよろしいですね」

「それがしもそれを望みます」

「では、お仕事、がんばってください」

「ありがとうございます」

紹徳が助手の若者とともに去ってゆく。

「旦那、この仏、知り合いなんですかい」

うしろから善吉がきいてきた。

「政吉という男じゃねえのかな」

「えっ」

善吉がまじまじと見る。

「とにかく政吉の長屋の者に来てもらうしかねえな。善吉、ひとっ走り、頼めるか」

善吉がにかっとする。

「合点承知。北新北町《きたしんきたまち》の長屋でしたね」

惣三郎はがくりときた。

「それはどこにある町だ」

惣三郎が眉を八の字にして、首をひねる。

「ああ、すいません。北新網町でしたね」

「そうだ。道をまちがえるんじゃねえぞ」

「はい、よくわかってますよ」

善吉が走りだそうとする。

「三、四人は住人を連れてくるんだぞ、いいな」

「わかりました」

善吉が勢いよく駆けだしてゆく。あっという間に道にあがり、土煙に巻きこまれるように姿は見えなくなった。

四半刻も待たなかった。

善吉が戻ってきた。いいつけ通り、四人の男女を連れていた。

「よくやった」

惣三郎は善吉をほめたたえた。

「いえ、これくらい、なんでもないですよ。旦那の中間として当たり前のことじゃないですか」

謙遜《けんそん》しながらも、善吉の表情は光り輝いている。

「よし、さっそく死骸をあらためてもらおうじゃねえか」

善吉が連れてきたのは、長屋の女房らしいのが二人と、居職の職人らしい男が一人だった。

もう一人、女房のせがれらしいのがくっついていた。体はかなり大きく、大人と見まごうばかりだ。歳は十二、三くらいではないか。もうじき、どこかの店に奉公をはじめてもおかしくない歳である。

さすがに男の子には遠慮してもらったほうがいいな。

溺れ死にした男の死骸を見せるのは、忍びない。

すでに死骸は木挽町五丁目の自身番に運ばれている。土間に横たえてあった。

惣三郎は自身番に長屋の者たちを導き、なかに入ってもらった。

男の子だけは善吉にいって、外でとめさせた。

筵《むしろ》を払い、惣三郎は死骸をあらわにした。

「どうだ、政吉じゃねえか」

三人の男女は、おそるおそるという顔で死骸を見つめた。

三人ともじっと見ているだけで、言葉がない。

「どうだ」

男が首をひねる。

「ちがうような気がします」

「あたしもそう思います」

「あたしも政吉さんじゃないと思います」

そうかい、と惣三郎はいった。三人が口をそろえるのなら、まちがいはないだろう。惣三郎の勘が外れることは、珍しいことではなかった。

「そうか、すまなかったな。忙しいところ、足労をかけた」

「とんでもない。お役に立てず、こちらこそすみませんでした」

男がていねいに頭を下げる。

「そんなことねえよ。この仏が政吉でないのがわかっただけで、収穫だ」

惣三郎は三人に一応たずねてみた。

「この仏に心当たりはねえか」

ありません、というのが三人の口から出た答えだった。

「そうか、ありがとよ。引きあげてもらってけっこうだ」

あっ、こら、という善吉の声がきこえた。直後、男の子が自身番の戸口に立った。死骸を恐れるふうもなく、しげしげと見る。

「おい、こら、のぞくんじゃねえ」

惣三郎は声をかけた。

「知助《ともすけ》、駄目よ」

母親があわてて叱る。

「おいら、この人、知っているよ」

いきなり知助という男の子が声を発したから、惣三郎は驚いた。真っ先に頭に浮かんだのは、偽りをいっているんじゃねえのか、ということだった。

「本当か」

惣三郎はまず確かめた。

「嘘をつくと、ためにならねえぞ」

「おいら、嘘なんていわないよ。ねえ、おっかさん」

「ええ、そうね」

深くうなずいた女房が惣三郎に向き直る。

「この子、嘘が大嫌いで、あたしがつくと、ものすごく怒るくらいなんです」

「ほう、そうか」

ならば、信用できるかもしれねえな。それに、このくらいの歳の子なら、大人と変わらないくらいの目をすでに持っているだろう。

惣三郎は知助を見やった。

「どうしてこの仏を知っているんだ」

「何度か顔を見たことがあるから」

「どこで」

「お店で」

「どこの」

「霊岸島《れいがんじま》」

霊岸島といえば、八丁堀の組屋敷のすぐ東に当たる。越前堀《えちぜんぼり》に架かる霊岸橋で、つながっているようなものだ。

霊岸島は、三代将軍家光のときに埋め立てられてつくられた。名の由来は、雄誉《ゆうよ》霊巌上人という僧侶が、埋め立てられたばかりの土地に霊巌寺《れいがんじ》という寺を建立したことからきている。

霊巌寺は、振り袖火事として知られる明暦の大火の際、焼け落ちてしまい、その後、深川白河町《しらかわちょう》に移っていった。

霊岸島は地盤がひじょうにゆるく、歩を進めるたびに足がずぶずぶと沈む感じがあったらしく、こんにゃく島という名でも呼ばれていた。

それに、霊岸島の南の端には船手番所が置かれている。遠島が決まった者は小伝馬町《こでんまちょう》の牢屋敷からここに連れてこられ、船に乗せられて船内の牢に押しこめられる。

それから霊岸島の対岸の鉄砲洲《てっぽうず》に移り、三日間、そこにとどまる。そのあいだに、女房や親、血縁の者から差し入れが届けられたりするのだ。

越前堀という呼び名は、越前福井を領する徳川御家門の一つである松平家三十二万石の浜屋敷が霊岸島の中央に最初に建てられた際、屋敷の北、西、南に設けられた舟入の堀を指すものだったらしいが、のちに霊岸島をめぐる水路がそう呼ばれるようになったのだそうだ。

今は、特に霊岸島の西と南の水路を指すことが多い。北側の水路は、霊岸島新堀という呼称がついている。

「おめえ、霊岸島に行ったことがあるのか」

「何度もあるよ」

知助がはっきり答える。

「おいら、船が好きで、あそこにはよく行くんだ」

霊岸島は隅田川の河口に近く、廻船の要衝といっていい場所だ。霊岸島にはおびただしい酒問屋があり、上方からの船がひっきりなしに入ってくる。房総《ぼうそう》に向かう船も少なくない。

船を眺めるのなら、霊岸島は格好の場所だろう。

「それで知助、霊岸島のどこでこの仏を見たんだ。お店といったが」

「あれはね、松前屋《まつまえや》さん」

松前屋なら最近きいたことがある。潰れたとかいうような話だった。

「確か、旦那の好きな酒を扱っていたところじゃありませんか。飲めなくなったって、ぼやいていたじゃありませんか」

「ああ、そういえばそうだな。加茂長《かもちょう》という酒だ。酒屋の親父がいっていたが、仕入れ先が潰れて手に入らなくなったとのことだった」

そのとき酒屋の親父が、潰れたのは松前屋という酒問屋といったのだ。

酒屋の親父によると、松前屋というのは、決して大店ではないが、手堅い商売をしていたそうだ。

上方の酒ばかりでなく、備後《びんご》や備中《びっちゅう》、備前《びぜん》の酒を主に扱い、売上を伸ばしていたらしい。名を松前屋から吉備屋《きびや》にしてもいい、と主人はいっていたとのことだ。それだけ、昔の吉備国が産する酒に愛着があったのだ。

松前屋さんが潰れたときいたときにはほんと驚きましたよ、と酒屋の親父はしみじみといっていた。

「松前屋のあるじの名を知っているか」

惣三郎は知助に問うた。

「ううん、知らない」

そうか、と惣三郎はうなずいてみせた。北新網町の長屋の者たちによくよく礼をいって、帰ってもらった。

それから善吉に、今度は南茅場町《みなみかやばちょう》の黒坂屋《くろさかや》に走ってもらった。

黒坂屋は惣三郎が贔屓《ひいき》にしている酒屋である。上方の酒一辺倒でなく、いろいろなところの酒を置いてあり、訪れるだけで楽しくなってしまう。

南茅場町は、八丁堀の北側に位置する町である。

今度も四半刻もかからずに善吉は戻ってきた。一人の男を連れている。

「ああ、これは河上の旦那」

黒坂屋のあるじである剛左衛門《ごうざえもん》が、自身番の外に出ていた惣三郎に声をかけてきた。

「おう、忙しいところ、すまねえ」

惣三郎は手をあげて迎えた。

「いえ、いいんですよ」

剛左衛門がにこりとする。

「店は手前がいなくても、まわりますからね。手前がいないほうが、むしろいいくらいですよ」

そんなことは決してない。黒坂屋はこの男で保っている。もし剛左衛門がいなくなったら、瞬く間に店は消えてなくなってしまうだろう。

剛左衛門と名は勇ましいが、柔左衛門《じゅうざえもん》と変えたほうがいいくらい、物腰の柔らかな男である。

惣三郎は、少し息を弾ませている善吉もねぎらった。

「このくらい、へっちゃらですよ」

善吉はうれしそうに胸を張った。

「剛左、さっそく見てくれるか」

「はい、わかりました」

惣三郎は剛左衛門を自身番に入れた。

「あっ」

剛左衛門は絶句した。体が棒のようにかたまっている。

「まちがいありません」

風が二度、自身番の戸を叩いていったあと、ようやく口にした。

「松前屋のご主人の信右衛門《しんえもん》さんにございます」

惣三郎は大きく顎を引いた。

「そうか。そいつは残念だったな」

惣三郎の言葉をきっかけにしたように、剛左衛門は大粒の涙をぽろぽろとこぼしはじめた。

「いったいどうしてこんなことに」

しばらくして泣きやんだ剛左衛門に、どうして松前屋が潰れたかを惣三郎はきいてみた。

剛左衛門は泣き腫らした目で惣三郎を見つめ、申しわけなさそうに首を振った。

「すみません、知らないんです」

剛左衛門がうつむく。

「とてもお世話になった得意先にもかかわらず、手前は日々の忙しさにかまけ、なにも調べようとしなかったんです」

「剛左、そいつは仕方ねえよ。おまえさんのところは数え切れねえほど得意先があるし、その一つが潰れてしまったからといって、そのことにいつまでもかかずらってはいられねえ」

「それはそうかもしれませんが、手前という男の冷たさを、思い知らされたような気分にございます」

「そんなことはねえよ。おめえはあたたかないい男だ。店がいつも気持ちよいのは、おめえの人柄があらわれているからだ」

惣三郎は一息入れた。

「剛左、松前屋の調べは俺たちにまかせておきな。必ず犯人はとっつかまえてやるからよ」

「お願いします」

剛左衛門が腰を深く折る。

「松前屋が潰れたのはいつだったかな」

「まだほんの一月ほど前にございます」

惣三郎は思いだした。剛左衛門に加茂長が入らなくなった旨を告げられたのは、そのくらいだった。

「松前屋信右衛門には妻子がいたのか」

「はい、いらっしゃいました」

「今どうしているか、知っているか」

「申しわけないことでございますが、存じません」

剛左衛門が蟻《あり》のつぶやきのような小さな声で答えた。

「奉公人はどのくらいいた」

「二十人ほどでしょうか」

少し剛左衛門が考えこむ。

「そういえば、同じ酒問屋に雇われた番頭さんがいらっしゃいますよ」

惣三郎は点頭した。

「そうかい。ならば、そっちにきけば、詳しいことがわかるな」

その番頭は文造《ぶんぞう》といい、霊岸島の得見屋《とくみや》という酒問屋に奉公しているという。

惣三郎は剛左衛門に礼をいって、木挽町五丁目の自身番をあとにした。

上空に太陽が燦然《さんぜん》と照り輝いて、ひどく暑いが、海のほうからさわやかないい風が吹いてくる。

「海ってのはありがたいですねえ」

善吉が汗をふきふきいう。

「暑さを、こんなにやわらげてくれるんですから」

「まったくだ。俺は暑さに強いほうだが、やっぱり涼しい風があると、ほっとするものなあ」

善吉がぷっと笑う。

「なんだ、その笑いは」

「旦那は暑さに強いんですかい。あっしは初耳ですよ」

「おめえは次から次へと忘れちまうから、なにをきいても初耳なんだよ」

「でも、旦那はむしろ暑さに弱いんじゃありませんかい」

「そんなことはねえ」

「そんなこと、ありますよ。だって、夏の真っ盛り、いつも川に飛びこんだらどんなに気持ちいいだろうなあって口にしてるじゃありませんか」

「夏の真っ盛りに川に飛びこめば、誰だって気持ちいいだろう。それを本当にするやつが暑さに弱いわけで、俺はそんなことはしたことがねえ。じっと暑さに耐えているじゃねえか」

　善吉がにっとしたのが、振り向かずともわかった。

「語るに落ちましたね」

「なんのことだ」

「いま暑さに耐えているっていいましたよ」

「いったがどうした」

「それは暑さに弱いって、いってるんじゃありませんか」

　惣三郎は手を振った。

「まあ、そんなことはどうでもいいよ。いまの俺の気持ちは、冷たい酒をきゅうとやったらどんなにうまいだろうかってことだけだ」

善吉がうしろからにらみつけてくる。

「これから行くのが酒問屋だからって、たかるつもりじゃないでしょうね」

「たからねえよ。少しお裾分けしてもらうだけだ」

「それを旦那がやると、たかりになるんですよ。旦那はたかりの名人ですからね」

「うるせえ。とにかく俺は酒をいただくって決めてるんだ」

「いいつけますよ」

惣三郎はぎくりとした。そっと善吉を振り返る。

「誰にだ」

「決まっているでしょう。旦那が一番怖い人ですよ」

「まさか親父じゃねえだろうな」

「そのまさかですよ」

「やめてくれ、善吉。ばれたら竹刀でびしびし打たれるんだぞ。手加減なしだぞ。あの親父は鬼なんだぞ」

「旦那が酒を飲まないって約束しなきゃ、駄目ですよ。必ずいいつけます」

「この暑いのに、きゅうをあきらめろっていうのか」

「当然ですよ。今は仕事中ですから」

はあ、と惣三郎は盛大なため息をついた。

「わかったよ、善吉。きゅう、はあきらめることにする」

善吉がにこっとした。

「それでこそ旦那ですよ」


霊岸島の得見屋はすぐにわかった。

手代らしい者に頼むと、文造はすぐに店の外に出てきた。

汗っかきなのか、額といわず鬢といわず、びっしょりにしている。顎からは雨だれのようにしたたっていた。

一所懸命に働いている証だろうが、これは少しかきすぎではないか。体の具合を、医者に診てもらったほうがよいのではないだろうか。

潮の香りがほんのりと漂う、人けがあまりない河岸の端のほうに行った。

「ここならいいかな」

「あの、お話というのはどんなことでございましょう」

文造は少し緊張している。

「そんなにかたくなることはねえよ。といっても、町方に呼びだされて、かたくなるなっていうほうが無理だな。なにも後ろ暗いことをしてなくても、たいていの者ががちがちになっちまう。おめえさんも気にする必要はねえよ」

その一言で、気持ちがほぐれたようだ。文造から肩の力が抜けた。

「あまりよくねえ知らせからいわなきゃならねえ」

惣三郎がいうと、文造がぎくりとし、いったいなにをいわれるんだろう、と身構えた。

惣三郎は淡々とした口調で告げた。

「ええっ」

文造がのけぞる。

「まことですか。――旦那さまが亡くなった……」

「ああ、今朝、死骸があがった。確かめたきゃ、木挽町五丁目の自身番に遺骸は置かれている」

「さようですか。でしたら、さっそく行ってこようと思います」

「いい心がけだ」

惣三郎は文造をたたえた。

「その前に、話をきかせてもらいてえ」

「はい、承知しました」

そのときまさか、という思いが文造の脳裏をよぎっていったのが、惣三郎にはわかった。

「あの、旦那さまは、殺されたのでございますか」

「ああ。簀巻にされて三十間堀にな」

「簀巻ですか」

文造が暗澹《あんたん》とする。

「それは、苦しかったでございましょうね」

「ああ、そうだな。俺は松前屋の仇を討つつもりでいる。力を貸してくれ」

「もちろんでございます」

文造が力強くいった。

「よし、じゃあ、さっそくきくぞ」

どうぞ、お願いします、と唾をのみこんで文造がいった。

「どうして松前屋は潰れた。俺の知っている酒屋によれば、とても手堅い商売をしていたときいたが」

「はい、まことその通りにございました」

文造が小腰をかがめた。

「旦那さまを責めるわけではありませんが、うまい儲《もう》け話《ばなし》に乗ってしまったのが、潰れた原因といってよいかと存じます」

「うまい儲け話というと」

「船でございます」

「船というと、廻船かなにかか」

「はい、さようにございます」

「どんな内容だったんだ」

「はい、北国から積み荷がやってくるそうでございますが、それが江戸では高値で売れるということでございました」

「積み荷というのは」

文造が首を振る。

「わかりません。旦那さまは教えてくださいませんでした」

「まさか抜け荷じゃねえだろうな」

「その危惧《きぐ》は手前にもございました。ですので、旦那さまにただしました。旦那さまは抜け荷なんて怖いことをするわけがないじゃないかと、一笑に付されました」

惣三郎は顎の下をなでた。もうひげが伸びはじめていた。

「松前屋はどのくらいやられたんだ」

「おそらく三千両はくだらないものと」

「なんとまあ」

途方もない額だ。惣三郎はそれ以上、言葉が出ない。善吉は仰天して、大口をあけている。

「善吉、口を閉じろ。みっともねえ顔になっているぞ」

善吉があわてて唇を引き結ぶ。

「それで三千両はどうなった」

惣三郎はたずねた。

「駄目になりました」

「どうしてぽしゃったんだ」

「積み荷が嵐で沈んでしまったからでございます」

「なんとまあ」

また同じ言葉が出た。

「松前屋は、どこからその儲け話を仕入れてきたんだ」

それでございます、と文造がいった。

「はっきりとしたことは手前にもわからないのでございますが、米問屋の五沢屋《ごさわや》さんではないかと存じます」

耳にしたことがあるような気もするが、勘ちがいかもしれない。とにかく事情をきかねばならない。

「松前屋の妻や子はどうした」

文造が悲しげに首を振る。

「手前も探しだそうとしているのですが、どちらに行かれてしまったのか、さっぱりでございます」

「松前屋には妾は」

「一人おりました」

「名は」

「おみえさんといいました」

「そのおみえという妾がどこに行ったかはどうだ」

文造が唇を湿らせる。

「はい、先ほどの名が出た五沢屋にお世話になっているはずでございます」

「五沢屋に。それはまたどうしてだ」

「どうやら借金のかたのようにございます。旦那さまはおみえさんをとても気に入っておりまして、かわいがっていらっしゃいました。でも例の廻船の話の際、二百両を五沢屋さんから借りたそうで、五沢屋さんは、金はいいから、ということで、おみえさんを自分の妾にしたようにございます」

惣三郎は顔をゆがめた。

「いやな野郎だな」

「はい、まったくでございます」

文造が憎々しげにいう。

「五沢屋さんからの二百両を入れて、旦那さまは三千両を用意いたしました。うまい話というのは、それが二倍から三倍くらいになって戻ってくるというものだったようにございます」

惣三郎はあきれた。

「そんな嘘のような話、松前屋は本当に信じたのか」

「はい。実際に五沢屋さんは何度も儲かったそうにございまして、今の身代を築きあげたとの話にございます。阿蘭陀《オランダ》の交易船が長崎に入ってくると、南蛮の品々は江戸では十倍になるそうでございますし」

確かにそんな話はきいたことがある。だが、自分にはかかわりのない話だ。天界にすむ者が行っている商売でしかない。

「しかし、商売ってやつは手堅いのが一番なのになあ」

「そのことは、手前も口を酸っぱくして旦那さまに申しあげました」

文造が力説する。すぐに視線を落とし、うなだれた。

「でも、きく耳を持たれませんでした。三千両が六千両になる、もしかすると九千両になる。もはや、それしか目に入っていなかったようにございます。お内儀やお子たちにぜいたくをさせたい、その一心だったように存じます」

第四章

一

腰高障子をあけ、失礼いたします、といって義之助が出てゆく。最後に、ちらりとお沙世に目を当てていった。

「お沙世どのは掏摸はやめ、料理人になりたいそうだ」

腰高障子が閉まり、足音が静かに遠ざかってゆくのを耳にして重兵衛は、目の前の年寄りに神託を告げるようにおごそかな口調で伝えた。

「それから、おぬしに押しつけられた縁談もいやとのことだ。断りたいとはっきり申している」

なるほどそういうことかい、と年寄りが低い声でつぶやいた。

ぎろりと目をまわし、重兵衛の横に座るお沙世に強い視線を浴びせた。

「それでお沙世、おまえはわしのもとから逃げだしたのか」

鈍く光る瞳の迫力は、さすがに掏摸の頭をつとめているだけのことはある。

この年寄りの名は鉄之丞《てつのじょう》という。岩のようにごつごつした顔をしている。

懐の財布を狙われてつかまえたときには、こんな顔をしていると、重兵衛は気づかなかった。しわだらけで、病にでも冒されているのではないかと思えるほど、灰色の顔色をしていた。

今も顔つやがいいとはいえないが、この前とはくらべものにならないくらい肌の色はよく、しわものびている。

「はい」

お沙世が深くうなずく。頭を相手に一歩も引かないという思いを面にだしている。さすがに気が強い。

「恩知らずよな」

鉄之丞がぼそりという。

「恩はもう返したはずです」

「さて、そうかな」

鉄之丞が首をひねる。

「捨て子だったおまえを幼い頃から育てたのが誰か、忘れたのか」

「忘れるはずがありません。でも、私は掏摸なんかになりたくなかった」

「だが、おまえにはそれだけの素質があった。天賦の才というやつがな。それを頭として、見逃すわけにはいかなかった」

「別に天賦の才なんか、ほしくなかったし、見抜いてもほしくなかった。それでも、私はこれまでずっとお頭にいわれるまま、仕事をしてきました。だいぶ稼いだはずです。もう勘弁してください」

深々と頭を下げる。

「まだ足りねえな」

「そんな」

「全然足りねえよ。おまえを一人前の掏摸にするために、これまでいったいどれだけかかったか」

「お金を使うことなんか、私、頼んでいません」

「ふむ、頼んでいねえか。確かにその通りだが、子に選ぶことはできねえんだ。親が掏摸にすると決めたら、なるしかねえんだ。それが孝行ってもんだ」

鉄之丞がかたく腕組みをする。

「縁談にしたって、わしは無理に押しつけるつもりはなかった。それなのに、おめえは逃げだした。その落とし前をつけなきゃならねえ」

感情のない目でお沙世を見つめる。まるで蛇のようだ。

「落とし前というと、どんな」

重兵衛は口をはさんだ。

「あとで教えますぜ、重兵衛さん」

そうか、と重兵衛はいった。ここは素直に口を閉じて、ひたすら待つしかないようだ。

鉄之丞がお沙世に向かって、言葉を吐きだす。

「おまえは、苦楽をともにした仲間からも逃げだした。こいつは殺されても文句はいえねえことだぞ」

「それはわかっています」

ふっ、と鉄之丞が笑った。

「確かに、よくわかっていたな。死にたくなかったおまえは、腕達者の重兵衛さんを頼ったんだ。兄の仇とかいう、くだらねえ芝居までして重兵衛さんの懐に入りこんだ」

重兵衛は目をみはった。

「どうしておぬしがそれを知っている」

鉄之丞には話していない。むろん、お沙世が伝えたはずがなかった。

鉄之丞が凄みのある笑いを見せる。

「白金には、遊山の者がたくさん来る。そいつは、住人の重兵衛さんならご承知のはずだ。あっしらにとっては、遊山の連中は鴨《かも》のなかの鴨でな。ひらひらと羽をつけたような気分で歩いている連中なんて、掏り取るのは最もたやすい。そういう格好の稼ぎ場所なんでね、白金村で起きたことはたいていわかっていますよ」

つまり常に配下たちがうろつきまわり、白金界隈のことをいろいろと調べまわっているのだろう。

そうか、と重兵衛はいった。

「だからね、重兵衛さんのところにお沙世がいることなど、あっしらには、はなからわかっていたんだ」

重兵衛は掏摸の頭を凝視した。

「嘘をつけ、とおっしゃりたいお顔だが、これは本当のことなんですぜ。もともとこの女は身を隠すことより、自分が重兵衛さんのところに世話になっていることを、わしらに伝えようとしていたんですよ」

そういわれれば、来客があってもお沙世はまったく動じなかった。手習子の前にも平気で出てきた。

「お心当たりがあるようですな」

鉄之丞が笑いかけてきた。

「お沙世がどうしてそんな真似をしたか、重兵衛さん、おわかりでしょう」

重兵衛の頭のなかで、ひらめくものがあった。

つまりこういうことなのか。

居どころを教え、鉄之丞たちにわざと襲わせて、重兵衛という遣い手に返り討ちにさせようという腹だった。

「嘘です」

お沙世が叫ぶ。

「私はそんなことは考えていなかった」

「だったら、どうしてひっそりと身を隠さなかったんだ」

鉄之丞が目をすぼめて問う。

「だってそれは」

お沙世が重兵衛を見あげる。

「ほう、そういうことかい」

口をゆがめ、鉄之丞が納得の声をだした。おもしろくなさそうだ。

「おまえ、重兵衛さんに惚れたんだな」

お沙世がはっとしてうつむく。ちらりと重兵衛を横目で見る。そのさまは、夜這いをかけてきたのが幻だったのではないか、と思えるほどだ。小娘のように指を絡めてはいじっている。

「なるほど、そうか。重兵衛さんに守ってもらうためではなく、ただ一緒にいたかっただけかい」

鉄之丞ががくりと両肩を落とした。急に老けたように見える。

「重兵衛さんに惚れたから、掏摸をやめたくなったのか」

「ちがいます。重兵衛さんを知る前から、ずっとやめたいと思っていました」

「そうかい。そんなに足を洗いたいのか」

「はい、お天道さまに見られても恥ずかしくない仕事につきたい」

鉄之丞がため息をつく。

「だが、それでもこれまでは逃げだそうなんていう気は起こさなかった。きっかけはわしということになるな」

れてゆく。

煙管《きせる》に煙草をつめ、火をつける。紫の煙があがり、くすんだ天井に揺れながら吸いこまれてゆく。

「まだ煙草、吸っているの。やめてっていっているのに」

「老い先短《みじけ》えんだ。煙草くらい、勝手にやらせろ。今は、このくらいしか楽しみがねえんだ」

「煙草が楽しみだなんて、つまらないわね」

「うるせえ。ぶん殴られてえのか」

鉄之丞が苛立ち、煙管を振りあげた。重兵衛はいつでもお沙世をかばえる姿勢を取ったが、しわだらけの手はぶるぶると震えて、力がなかった。

「そんなので、やれるの」

お沙世が顔を突きだす。

「やりなさいよ。私はよけないわ」

「ちっちゃい頃はさんざんよけやがったくせに」

「当たり前でしょ。あの頃は本当に痛かったんだから」

「この前の平手はどうだった」

お沙世が頬を押さえる。

「痛かったわよ。でもちょっとうれしかった。まだこんなに力があるんだって」

「縁談がいやだっていうんで、あっしが張っちまったんですよ」

鉄之丞がまだ宙に掲げたままなのに気づき、煙管を下げた。疲れ切ったように息を深くつく。

「しかし、おまえが逃げだしたのは、わしのせいよな。わしが仕事をしくじらなきゃ、逃げだそうなんていう気を起こすこともなかった」

ちらりと重兵衛に目を向けた。

「まさか、重兵衛さんがそんなに遣い手だとは、夢にも思わなんだ。のほほんと歩いていたから、格好の鴨だと思ったんだが、まったくの見当ちがいだった。わしもぬかったものよ。本当に歳を取った」

自らの肩をぽんぽんと叩いてから、鉄之丞がまたお沙世に視線を当てた。

「歳を取った、衰えたと思ったのは、おまえも同じだろうがな」

「ええ、本当よ。ほかのことならともかく、仕事でしくじるなんて、これまでなら決してあり得なかった」

鉄之丞が苦笑を浮かべる。

「相変わらずはっきりいいやがるな。歯に衣着《きぬ》せぬところは、ちっちゃい頃から変わりやしねえ」

鉄之丞が言葉を切る。

「しかし、しくじりはこれまでもあった。重兵衛さんもご覧になったが、入墨が三つもある。こいつらは、しくじりの印以外の何物でもねえ」

鉄之丞が重兵衛に視線を移した。

「それで重兵衛さん、お沙世をいったいどうしたいんですかい。わざわざあっしのところに連れてみえたのは、なにか理由があるんでしょう」

重兵衛は意外そうな顔をした。

「おぬしに理由がわかっておらぬわけがないと思うがな。直談判に来たのは、お沙世どのを解き放ち、自由にしてほしいと思っているからだ」

「駄目ですな」

一顧だにせずにいった。

さすがに重兵衛はむっとしかけた。

鉄之丞がにこりとする。意外に人のよさそうな笑みだ。

「重兵衛さん、そんなに早くかちんとすることはないですぜ。人の話は最後まできくもんだ」

うむ、と重兵衛はうなずいた。

「お沙世をあっしの手下からはずす。いうのは易いが、あっしにも面目というのもありやす」

その通りだろうな、と重兵衛はいった。

「おぬしの面目を立てるにはどうしたらいいんだ」

鉄之丞がくすっと笑う。

「重兵衛さんは、ずいぶんと素直なお方ですな。その性格で、これまでずいぶん得をしてこられたのではないですかな」

「さて、どうかな。ずいぶんと損もしてきたような気がするが、それは考えぬようにしている」

「ええ、悪いことはどんどん頭から捨てていったほうがいいですよ。うつつのことになっちまいますからね」

鉄之丞が咳払いする。それがいきなり激しくなり、とまらなくなった。

重兵衛はすぐさま膝を立て、背中をさすった。

お沙世が鉄之丞の顔をのぞきこんだ。

「お水、持ってこようか」

「た、頼む」

お沙世が立ちあがり、腰高障子をあけて出ていった。

広い家だが、勝手知ったる我が家という感じで、あっという間に戻ってきた。大ぶりの湯飲みを手にしている。

「おとっつあん、どうぞ」

「すまねえ」

お沙世が、口をあけた鉄之丞にゆっくりと水を流しこむ。手慣れている。

重兵衛は鉄之丞の背中をさすり続けながら、お沙世を見た。

「なに、重兵衛さん、どうかしたの」

お沙世が照れたようにいった。

「いや、おぬし、今おとっつあんと呼んだな、と思ってな」

「当たり前よ。こんな人でも、私にとってはおとっつあんなのよ」

重兵衛は微笑した。

「おぬし、ここから逃げだしたといっても、鉄之丞さんに決して殺されることがないのを、はなから知っていたな」

お沙世が小さく笑う。

「当たり前でしょ。私がいやだったのは、縁談だけですもの。もちろん掏摸を続けるのもいやだったけど、それ以上に無理に押しつけられるのがいやだった」

「縁談の相手というのは」

重兵衛は手をとめずにきいた。

「くだらない男よ。重兵衛さんも知っている男」

ぴんときた。

「義之助さんか」

「さんづけなんかしなくてもいいわよ」

つまらなそうにいって、お沙世が続ける。

「義之助はお頭の弟の子なのよ。弟夫婦ははやり病で亡くなって、義之助だけがこの世に残されたの。それで、お頭は自分の跡目を継がせるつもりでいるんだけど、あの通り、どじが着物を着て歩いているような男で頼りないでしょ。だから、私をめとらせることで支えにさせようと、お頭はつまらない目論見を立てているわけよ」

「そういうことか」

この座敷を出てゆくとき、義之助がお沙世に目を当てた理由はこれだったのだ。

「でも、義之助は私が白金村にいることをお頭に知らされもしない程度の男だし、私は私で、これまで弟としか見てこなかったもの。それが今さら女房におさまれっていわれても、無理なわけよ。あたしは亭主を支えるだなんて、まっぴらごめん。私を大事にしてくれる人がいいの」

重兵衛をとろんとした目で見る。重兵衛は顔をそらした。

ようやく鉄之丞の咳がおさまってきた。ふう、とほっとしたように息を継ぐ。

「しっかし、人がこんなに苦しんでいるときに、頭越しに話をしやがって、二人とも、ったくのんきなものだぜ」

「すまんな」

「お頭も昔はしゃんとしていたんだけど、歳を取って見る目がなくなってきちゃったのよね。義之助じゃあ、頭がつとまるはずがないのに。立場が人をつくるってこともあるらしいけど、義之助じゃあ、いくらなんでも無理よ。烏に鷹《たか》になれっていっているようなものだもの」

お沙世が湯飲みを手元に引き戻した。少し残っている水を飲み干した。

「煙草をやめなさいって、前から口を酸っぱくしていってるのよ。あんな妙な色をした変なにおいの煙を吸いこむんだから、体に悪いに決まってるでしょ。それなのに、人のいうこと、全然きかないんだから。まったく意志が弱いったらありゃしない」

「煙草はどうも意志だけじゃねえんだ。どうにもやめられねえんだ。吸いたいって体がいってくるんだ」

「どうのこうのいったって、やっぱり意志の問題よ」

確かにな、と鉄之丞が認める。

「なにしろ、うめえからなあ。食後の一服なんて、至福のときだぜ。まったく極楽に行った気分だ」

「そんなくさい煙をのみこんで、至福だなんて、よくいうわね。人が食べているときにおとっつあん、平気で吸うけど、あれはやめなさいよ。おいしい食事が台なしになっているのよ」

お沙世が鉄之丞を見つめる。

「それに、そんなぼろぼろの体になっているというのに、まだ吸い続けるだなんて、本当に極楽に行ってしまうわよ」

「煙草で極楽に行けるんなら、本望だ」

「煙草のせいで病にかかって寝たきりになって、なおそういうふうにいえるのなら、たいしたものだけど、たいてい死にたくない、って泣きわめくものなのよ。おとっつあんは特にそうに決まってるわ」

「決めつけるんじゃねえ」

どすのきいた声でいった。

「いまは煙草の話をしているときじゃねえやな。おめえをどうするかってことを、話しているんじゃねえか」

鉄之丞が重兵衛に視線をぶつけてきた。

「どうしたらあっしの面目が立つか、でしたね」

「そうだ」

「たやすいこってすよ。金です、金。こいつを身請けって考えれば、わかりやすいですね。重兵衛さんは、吉原に行ったことがありますかい」

「いや、ない」

「そうですかい。まじめですね。でも、吉原の花魁《おいらん》や遊女が身請けされるってことは、きいたことがおありでしょ。それと同じってことですよ」

なるほどな、と重兵衛は相づちを打った。

「では、その身請けの金は、いくらになるのかな」

鉄之丞がしばらく黙りこんだ。また煙管に手を伸ばしたが、お沙世がすばやく取りあげた。

「なにしやがる」

「さっきの一服が、最後の一服よ」

「なんだと」

「早く話を進めなさいよ」

舌打ちし、鉄之丞がおもしろくなさそうにする。重兵衛を見た。

「この前、重兵衛さんは腕に三つの入墨があるのをご覧になって、この年寄りを見逃してくださった。あっしは、とても感謝しているんでございますよ」

「それは俺もうれしく思う」

「ですので、お礼に、お加代の身請け代は安くしておきますよ」

「そいつは助かる」

鉄之丞がさらりと代を口にする。

重兵衛は耳を疑った。

「もう一度きかせてくれ」

「千両ですよ」

「本気でいっているのか」

「本気ですとも」

鉄之丞がまじめな顔で答える。

「おとっつあん、いくらなんでもぼりすぎでしょ。私にそれだけの値打ちがあるわけないじゃない」

「そんなことはねえ」

鉄之丞が否定する。鋭い目に鈍い光が宿り、頭としての凄みが発せられる。

「お沙世は腕のいい掏摸だ。これまでもずいぶんと稼いできたのは、お沙世自身がさっきいった通りだ。しかもまだつかまったことがねえ。肌はまっさらなまんまだ。このまま掏摸を続けていけば、途方もない大金を稼ぐのはわかりきっている」

お沙世が、手を切り落としたいといいたげな目をしている。

「千両というのが大袈裟でないのがおわかりになったかな、重兵衛さん」

「ああ、よくわかった」

鉄之丞がにこっとする。

「相変わらず素直なお方だねえ。こういうときは、わからぬっていうのが、ふつうなんだが。気に入ったなあ」

柔和な目で重兵衛をのぞきこむ。

「ここは、重兵衛さんに見逃してもらったことも加味して、五百両に負けておきやしょうかね」

「もっと負からぬか」

「半分も引いたんだ。これ以上はさすがに無理ですやね」

「しかし、五百両もの大金、俺にはどうすることもできぬぞ」

「それならば、お沙世のことはあきらめていただきましょう」

「しかし、そういうわけにはいかぬ。俺はお沙世どのに是非とも料理屋をひらいてもらいたい。掏摸などよりよほど天分に恵まれている。包丁一本で、途方もない稼ぎをもたらすはずだ」

「それは重兵衛さん、お沙世の掏摸の腕を知らないからいえるんですよ」

「いいわよ、重兵衛さん。あたし、江戸から逃げるから。そうしちゃえば、この人たち、もう追ってこられないから」

「江戸で生まれて江戸で育ったおめえが、この町を捨てられるわけがねえじゃねえか。寝言をいってるんじゃねえ」

　お沙世がぴくりとした。

「私、江戸で生まれたの」

「そ、そうさ。いってなかったか」

「初耳よ。私がどこの生まれか、きいても、いつも言葉を濁していたじゃないの」

「そうだったかな。おめえは江戸の生まれだ。まちがいねえ」

お沙世がじっと鉄之丞を見る。怖い目をしていた。

「おとっつあん、私の本当の親が誰か、知っているんじゃないの」

「知らねえ」

鉄之丞が明らかにしらを切ったのが、重兵衛にはわかった。お沙世も同じだろう。

「教えてよ。私の親は今も生きているの。どこにいるの」

「知らねえ。おめえは捨て子だ」

「嘘でしょ」

「嘘じゃねえ。紅葉がじきにはじまろうかという寒い朝、この家の門前に捨てられていたんだ」

鉄之丞のこの広大な別邸は向島にある。本宅もあるようだが、それは手下ですら知っている者がいないらしい。むろん、お沙世にも知らされていない。

「捨てられていたとき、おめえはまだせいぜい半月ほどだった。こんなにちっこくてな、軽かった。俺は近所を駆けずりまわってもらい乳をしたものだ」

鉄之丞の目に、なつかしげな色があらわれている。

そこまできいて、お沙世が黙った。決して納得したわけではなく、鉄之丞がこれ以上、話さないのがわかったゆえだろう。

「とにかく私は江戸を出るわ。五百両はあきらめてね」

「しかし、重兵衛さんはあきらめていないってお顔だぜ」

「重兵衛さん」

お沙世が悲しげに見つめる。

「五百両なんて、どうやったって無理よ」

「無理って考えてしまうと、できることもできなくなってしまう」

重兵衛は立ちあがった。

「今日のところは引きあげよう」

わかったわ、とお沙世がいった。

「まさかと思うが、重兵衛さん」

正座したまま鉄之丞が呼びかけてきた。

「この屋敷を町奉行所の者に教えるなんて真似、しませんね」

「せぬ。そんな気があるのだったら、あのときおぬしを突きだしている」

「さいでしたね」

「しかし鉄之丞さん、もし教えたらどうなるんだ」

「興津重兵衛はこの世から消えていなくなりますよ」

「できるのか、そんなことが」

「興津重兵衛が無理ならば、愛する人っていうのもありですよ」

重兵衛はにらみつけた。

「本気で申しているのか」

「おう、そんなに怖いお顔、されなくてもよいのに」

鉄之丞がごくりと息をのむ。首が本当につながっているかを確かめるように、手のひらでなでさすっている。

「ふう、叩っ斬られるかと思った」

「もしおそのさんに手をだしてみろ。おまえら、皆殺しだ。脅しではないぞ」

「わかってますよ、重兵衛さん。ただの冗談ですから」

「つまらぬ冗談は口にせぬほうがいい」

重兵衛はにこっと笑いかけた。

「俺に冗談は通じぬ」

ふうと息を吐いてから、鉄之丞が見あげてきた。

「本当のようですねえ。ふう、怖かった。——ところで、重兵衛さんはお侍なんですかい」

「元だ」

「元でございますかい。ふむ、いろいろあったようでございますな」

「うむ、あった」

ではこれでな、と重兵衛はすっと体をひるがえした。すぐに足をとめ、鉄之丞に目を向ける。

「身請けの五百両だが、しばらく待ってくれるか」

「はい、もちろんかまいませんよ。でも、待って一月ですな」

わかった、一月だな、といって重兵衛は座敷を出た。うしろをお沙世がついてくるかと思ったが、こちらに背を見せて、鉄之丞を見おろしていた。

どうした、と声をかけようとしたとき、お沙世が手にしていた煙管をいきなり振りおろした。

こん、と小気味いい音がした。

「痛え」

鉄之丞が頭を押さえてうずくまる。

「て、てめえ、なにしやがる」

上目遣いにお沙世をにらむ。

お沙世がにっとしているのが、背中の表情からわかった。

「ね、おとっつあん、どれだけ痛いか、わかったでしょ。おとっつあんは、私に何度も見舞ったのよ。最後に、この痛みをわかってもらおうと思ったのよ」

膝を使って煙管をぎゅっと折り曲げ、お沙世が畳に投げ捨てる。

「おとっつあん、本当に煙草はやめなきゃ駄目よ」

お沙世がきびすを返し、すたすたと歩きだした。

「さあ、重兵衛さん、行きましょう」

腕を絡めてきた。重兵衛は無造作に振り払った。

「相変わらずつれないお方ね」


歩きながら重兵衛は、五百両もの大金をどうすれば工面できるか、と考えた。

いい手立てなど、思い浮かぶはずがなかった。

そんな魔術のような方法があれば、とっくに使っている。

「重兵衛さん、なに、悩んでいるの」

うしろからお沙世が声をかけてきた。

「きくまでもなかったわね。五百両のことよね」

お沙世が足を速め、重兵衛の背中にさっと近寄った。

「踏み倒せばいいのよ。払うことなんかないわ」

「しかしな」

「私が上方に行こうと行くまいと、おとっつあんが手だしをしてくるはずがないもの」

「しかし、それでは公平とはいえぬ」

「公平なんて、おとっつあんに対して考える必要なんかないわ。もともと五百両なんて、理不尽だもの。だいたいあたしが一生かけて掏摸を続けたって、どれだけ稼げると思っているのかしら」

お沙世が首をひねり、考えこんでいる。

「どんなにがんばっても、三百両がいいところね」

「それもすごいがな」

「でも、死ぬまでやってやっとそれだけよ。お金は重くて、財布がなくなると、すぐにわかるから、たくさん入っている財布や巾着というのは、狙いにくいの。手練《てだれ》になると、重さの代わりになる物をすばやく突っこんで、ということができるけどね。私もやれないことはないけど、面倒くさいものね」

お沙世が歩きつつ伸びをする。

「掏摸は三十まで生きられない者がほとんどだから、私だって掏摸を続けていたら、あと何年生きられるか。これまでつかまらなかったのは、運がよかっただけよ。もう運を使い切ってしまったかもしれないし。足を洗うなら、早いほうがいいわよね」

「うん。お沙世どのは、包丁を握るのが好きなんだな」

「ええ、好きよ。包丁を握るだけでなく、おむすびを握るのも好きよ。あと、重兵衛さんのを握るのも」

重兵衛はがくりときた。この女のこういう下品さがどうもなじめない。しかし、これが江戸の町娘のふつうの姿なのか。おそのは特別なのだろうか。

「どうしたの、急に黙って」

重兵衛はやれやれと思いつつ、お沙世に顔を向けた。

「料理にはいつ目覚めたんだ」

「そうね。小さい頃から、みんなの食事をつくっていたの。みんながおいしい、おいしいっていってくれてとてもいい笑顔になるの。私はそれを見るのが好きだった」

お沙世の目がいつしかうるんでいる。

「でも、昨日までおいしいっていってくれたおじさんが急にいなくなったり、なついていたお兄さんが戻ってこなかったりと、悲しい出来事が次々に起きて。私も大きくなって、お頭にいろいろと技を仕込まれていた時期だったから、なにが起きているのかわかっていたけど、あれは悲しかったなあ。おいしい、おいしいって笑顔で食べてくれる人も、もしかしたら今日、帰ってこないかもしれない。そんなことを考えながらの食事の支度はつらかった」

お沙世が重兵衛を見つめる。

「重兵衛さんのおっかさんはどんな人なの」

「母か。厳しいがやさしい人だ」

「うらやましいな」

ぽつりといった。

「私も本当のおっかさんに会いたい」

お沙世は涙をにじませている。

白金村に帰ってきた。

時刻は昼をまわった頃だ。

今日は向島に遠出するということで、手習は休みにした。

手習子たちは今頃、大喜びで遊びまわっているにちがいない。

「重兵衛さん、おなか空いたわね」

「うむ、空いたな」

「手習所に帰ったら、おいしいものをつくってあげるね」

「ありがとう」

「なにか食べたいもの、ある」

「いや、ない。常に飢えている人がいるこの世だ、なんにしろ食べられればありがたい。贅沢《ぜいたく》はいわぬ」

「えらいわね」

「えらくはないさ。うまいものを食べたいという欲求は人並みにあるんだ。それを抑えこんでいるだけだからな」

「でもやっぱりえらいわ。欲望を抑えられない人のほうが、江戸は多いもの」

「おれは田舎者《いなかもの》だからな。信州は貧しいし、夏でも寒いことが多くて飢饉《ききん》が起きやすい。幸いといっては百姓衆には申しわけないが、武家に生まれたから、飢えることはなかった。

だが、飢饉は常に身近で、飢え死した百姓衆の亡骸を目の当たりにしたこともある。そういうところで育ってきたから、食べ物の好悪をいってはいられぬ」

「そう、信州って、そんなに厳しいところなの」

「むろん、悪いことばかりではない。山の恵みが豊かだ。栗や柿、鹿の肉、熊の肉。蜂の子も食べたりするんだ」

「蜂の子って、蜂の巣の入っているあのうじみたいな……」

「あれはあれでうまいものだ。精がつく」

「あんなものを食べるなんて、やっぱり相当貧しいのね」

「食べたことのない者に、うまさをいっても仕方ないな。——食べ物だけではないぞ。特に諏訪は、温泉が町中至るところに湧いている。そこに住む者は常に温泉に入れる。女性はだからとても肌がきれいだ。あまり歳を取っているという感じがしない」

「ああ、それはいいわね。いつも湯治をしているって感じかしら」

「そうだな。だからか、諏訪の者は健やかな年寄りが多い」

「そう。おとっつあんもいつか湯治に行けば、いいのに」

「おぬしが連れていってやればいい」

「一緒に行ってくれる」

お沙世が小首をかしげてきく。

「無理だな」

「どうしてそんなにつれないの」

「他人だからだ」

「もう他人じゃないじゃないの」

「立派な他人だ」

背後から忍び寄る足音が、耳に飛びこんできた。

重兵衛は殺気を覚えた。振り返っている余裕はなかった。

猪《いのしし》でもかわすような気持ちで、さっと横によけた。

今まで重兵衛がいたところを、人影が通りすぎていった。きらりと陽射しをはね返すものを手にしている。

ちょうど人けが途切れ、まわりに人はいなかった。

「義之助、なにをしてるの」

お沙世が目を三角にして怒鳴りつける。

「自分のしていることがわかっているの」

「だって、こいつがいるから、お沙世さん、俺の前から去っていっちまう」

「ちがうわ。重兵衛さんがいなくても、私はあなたと一緒にはならないの」

「嘘だっ」

叫びざま、また重兵衛の懐をめがけて飛びこんできた。

重兵衛には余裕がある。義之助の動きもよく見えている。

突きだされた匕首《あいくち》を、避けるまでもなかった。腕をがっちりととらえた。

それだけで義之助は身動きができなくなった。

「放せっ」

腕を振りまわそうとする。袖がまくれ、手首に数珠が巻いてあるのが見えた。

腕には、三つの入墨が入っている。頭の鉄之丞と同じだ。しかも、この若さですでに三つも入っているとは、腕がよくないのは明らかだ。

痛ましい思いで、重兵衛は匕首を取りあげた。お沙世に手渡す。

「そんなにたやすく信用していいの、重兵衛さん。もしここでずぶりなんてやったら、どうする」

「おぬしはそんなことはせぬ」

にこりとして重兵衛は断言した。

お沙世が苦笑する。

「ずいぶんと信用されてしまったものね。私がいい人ってこと、すっかり見抜かれてしまったわ」

重兵衛はお沙世を見つめた。

「それで、この男、どうする」

「そんな馬鹿、簀巻にして、その川に捨てればいいわ」

道の脇を新堀川が流れている。白金村を貫流する川である。

今度は重兵衛が苦笑する番だった。

「いい人の割に、きついことをいうな」

「でも、本当にどうしようかしら。困ったわね」

お沙世が義之助の前にまわった。腰に手を当て、凝視する。

「あんた、本気で私の婿になるつもりでいたの」

「いたに決まっている。俺はお沙世さんに惚れている。それはずっと前からいっているじゃないか」

「私のほうは、いやってずっといい続けてきたわよ」

「きっと振り向かせてみせる」

「あんたじゃ無理なの。あんたは掏摸としても今一つだから、いえ、今二つ、三つだからお頭のように掏摸として大成するってのもできないでしょうしねえ」

義之助は重兵衛に腕を取られたまま、暗い目でお沙世を見つめている。

「そうだ」

お沙世がぽんと手のひらと拳を打ち合わせた。

「あんた、私が料理屋をはじめたら、使ってあげるわ。どう」

「本当に使ってくれるのか」

「ええ、本当よ。あなた、私が食事をつくっていると、よく手伝いをしてくれたじゃないの。あれをしてくれればいいわ」

「本当に使ってくれるんだね」

義之助が念を押す。

「ええ、嘘はいわないわ」

お沙世が重兵衛に視線を移す。

「もう放してもいいわ」

重兵衛はその通りにした。

義之助が突き放されたようにさっと離れた。形ばかりに襟元を直す。

お沙世が匕首を義之助に渡す。

「今日はこれでお帰りなさい」

義之助が匕首を鞘に戻す。それを懐にしまいこんだ。

「いい、料理屋をはじめるときは必ず呼ぶから、来てちょうだいね」

「でも五百両はどうするんだ」

「踏み倒すわ」

お沙世が、当たり前でしょうといいたげに断言した。

義之助がうらやましそうにお沙世を見る。

「お頭にそんなことができるのは、お沙世さんだけだな」

ちらりと重兵衛に目を当てた。

「お沙世さん、今日も重兵衛さんのところに泊まるのか」

「そうよ。今では私の家も同然だから」

「嘘だぞ。本気にするな」

「それにもう私たち、夫婦同然なの」

重兵衛の腕に手を絡めようとする。重兵衛は振り払った。

「今のも嘘だ。俺たちのあいだにはなにもない。お沙世どのは、嘘をついているんだ。おもしろがっているにすぎぬ」

義之助が、うんといった。

「俺は重兵衛さんを信じるよ」

自分にいいきかせる口調だ。

「じゃあ、俺は帰るよ」

「麻布宮村町の家に帰るの」

「そうだ。今じゃあ俺は、あの一帯をまかされているからな。縄張だから大事にしなきゃいけない」

お沙世が義之助に、憐れむような目を向けている。

「あなた、腕が悪いんだから、無理しちゃ駄目よ」

だが、好きな女にこういわれて、無理しない男などいない。必ずいいところを見せようとする。

義之助がこの若さですでに三つの入墨を入れられているのは、無理を重ねた証ではないのか。

「義之助どの」

重兵衛は呼びかけた。

「体調はどうだ」

「えっ。ああ、まあまあだよ」

「そうか。ふむ、それならばいわずともいいか。行ってくれ」

「なんだよ、気にかかるいい方をするじゃないか」

「いや、いいんだ。忘れてくれ」

「そんなこといわれて、忘れられるものかよ。はやくいってくれ」

「ならばいうぞ。おぬし、足が消えかけている」

　義之助が自分の足元に目を落とす。

「ちゃんとあるぜ」

「おぬしにそう見えているだけだ」

「あんたには消えて見えるのか」

「薄れつつあるというところだな。俺の故郷は信州の諏訪で、諏訪大社という大きな神社がある。そこで修行したゆえ、俺にはこういう力がある」

　義之助が少し怖そうな顔をしている。

「足が消えるとどうなるんだ」

「完全に消えると、死が待っている」

「なんだって」

「幽霊に足がないのはそのためだ」

「俺は死ぬのか」

「そうだ。このままでは死ぬだろう」

「いつ」

震え声できく。

「その薄れ具合では、今日、無理をしたらおそらく十日以内かな。仕事をしてつかまり、小伝馬町の牢屋敷内で、首を落とされることになろう」

義之助がおびえる。目が泳いだ。

「避ける手立てはあるのか」

藁にもすがるというのは、こういう表情のことをいうのだろう。

「そうさな。しばらく仕事を休むのが最もよい。体と心の疲れを取ってやるんだ。酒を飲むのもいいな。浴びるように飲んでかまわぬ。それが、心の疲れを取る最善の手立てといってよいからだ」

「酒か」

義之助が困った顔つきになる。

「俺はあまり飲めないんだ」

「少しでも飲んだほうがいい。それでよく眠ることだ」

「ああ、わかった。そうするよ」

義之助がお沙世に視線を投げた。

「じゃあ、お沙世さん、これでな。今日はおとなしくしておくよ」

「それがいいわ」

義之助が体を返し、来たばかりの道をとぼとぼと戻ってゆく。

重兵衛はそれを見送って歩きだした。お沙世がついてくる。

「重兵衛さんも人がいいわね」

「どうして」

「だって、命を狙った男に無理をさせないようにするなんて、なかなかできることじゃないわ」

「なにをいっているのか、わからぬ」

お沙世が、ふふと笑った。

「わかっているんでしょ。今日、あのまま義之助を帰せば、必ず無理をするのがわかったから、あんなこと、いったんでしょ」

「本当に足が透けて見えたんだ」

「影の薄い男だからね」

お沙世が振り返る。重兵衛もつられた。

「もう見えないわ。足が消えかけている割に、歩くのは速いのね。走っていったのかもしれないわ。一刻も早くお酒を口にしようと思って」

お沙世が重兵衛を見あげてきた。

「とにかく仲間の命を救ってくれて、ありがとうっていっておくわ」

「別に礼はいらぬ。本当のことを申したまでだ」

「まだいうの。あきれたわ」

お沙世が肩をすくめた。

「あら、あれはなにかしら。煙のようね」

重兵衛も眺めた。確かに、太い煙があがっている。距離は五町ばかりだろうか。厚い雲がゆったりと覆いつつある空をめがけ、もくもくと幾筋もの煙があがってゆく。一番上のほうは、すでに雲と混じり合うようになっている。

三鈷坂のほうだろう。三鈷坂といえば、と重兵衛は思いだした。あの評判の美形が住まっている家がある。

四、五日前、一人の男が出入りしているという噂を耳にしたばかりだ。囲われ者だったのか、と村の男たちの多くが落胆したときいている。

「火事かな」

「どうやらそのようね。野焼きじゃ、あそこまでの煙はあがらないでしょ」

「行ってみよう」

重兵衛は走りだした。

「待ってよ」

背後で土を蹴る音が響いた。

半鐘がきこえてきた。激しく連打されている。右側に大木のように建っている火の見櫓《やぐら》からだ。

重兵衛は駆けつけた。やや遅れてお沙世もやってきた。

目の前の家が火を噴いて燃えあがっている。火勢が強く、もう近づけるものではなかった。距離を置いていても、熱がはっきりと伝わってきて、頬は熱いくらいだ。着物にも火がつくのではないかと思える。

「すごい火ね」

額に浮き出た汗を手ふきでぬぐって、お沙世がいう。目がきらきらと輝いている。

「燃えている家には悪いけど、私、ちっちゃな頃から火事が大好きなのよ。血が躍るわ。

——ここの住人、ちゃんと逃げだしたんでしょうね」

大勢の村人がやってきていた。顔見知りばかりだ。火消しの格好をしている者が多いが、誰もがあきらめている。この火を消すことはできない。

もともと江戸の火事は、延焼さえしなければよいという考え方だ。だから、火消しが纏《まとい》を屋根の上で振り、風と火の具合を確かめて、この家を壊せ、とこれ以上、延焼させないように指示するのだ。

「なかに人は」

重兵衛はそのうちの一人をつかまえて、きいた。

「あのきれいな女の人がいるかもしれないんだ。逃げだしたと思うけど、この辺にはいないから、誰もが心配している」

やはり燃えているのは、半月ほど前に越してきたばかりの女の家だった。

「お師匠さん」

横合いから呼ばれた。顔を向けると、辰三が立っていた。手習子の寅吉の父親である。青い顔をしている。

「どうかしましたか」

問いながら、寅吉になにかあったのではないかという思いが脳裏をよぎった。

「実は寅吉の姿が見えないんです」

不安そうに、烈しく火を吐いている家に目を向けた。

まさか。

熱いせいばかりでなく、背筋を汗が流れてゆく。いや、背中の汗はむしろ冷たいくらいだった。

寅吉が、もしやこの家に来ていたということはないのか。

家に飛びこんで探したくなった。

次の瞬間に、もし家が崩れ落ちなかったら、重兵衛は水をかぶり、家に突進していたかもしれなかった。

田左衛門も来ていた。重兵衛に気づき、駆け寄ってきた。

重兵衛も近づいていった。

「重兵衛さん」

田左衛門は血相を変えている。最悪の事態を、重兵衛は想像した。

「おききになりましたか」

田左衛門が息せき切って話す。

きき終えた重兵衛は、知らず問い返していた。

「まことですか」

「ええ、何人もの村人が見ていますから、まちがいありません。ここに住んでいたおたえという女の人は、この家から連れ去られたようです」

——ということは。

おたえという女を母親と勘ちがいしていた寅吉は、どうなったのか。一緒に連れ去られたのか。

田左衛門の説明が続く。

「おたえさんは、どうやら駕籠《かご》に押しこめられたようです。その直後、家から火の手があがったようですね」

どうして火を放つ必要があるのか。それが重兵衛には疑問だった。

「駕籠はどちらに向かったのですか」

田左衛門が指を指す。

「北へ向かったようです」

二

五沢屋に乗りこむかどうか、惣三郎は決めかねている。

乗りこむにしろ、乗りこまないにしろ、とにかく惣三郎は、この米問屋のことを調べてみた。

あるじの名は伊勢右衛門《いせえもん》といい、歳は五十ちょうど。二つ下の女房とのあいだに四人の娘がいる。

惣三郎の娘三人はいずれも器量よしで、惣三郎にも妻にも似ていないことから、八丁堀七不思議の一つに数えられているが、伊勢右衛門の娘はまずまず女房のほうに似て、かわいらしかった。

伊勢右衛門はやり手として知られ、二十三年前に同業の家から婿に入り、ただの米問屋の一つにすぎなかった五沢屋を、江戸でも名を知られるほどの大店に育てあげた。

十指に数えられるというところまではまだいっていないらしいが、このまま成長を続ければ、いずれ数年のうちに仲間入りはまちがいないそうだ。

「すごいものですね」

善吉が感嘆をあらわにしていう。

「一代でそこまでなんて、なかなかできることじゃありませんよ」

ふん、と惣三郎は鼻を鳴らした。

「どうせ悪さをしているに決まっている。米を扱っているだけで、のしあがってゆくのは無理だろうぜ」

「ああ、そうかもしれないですねえ」

善吉が同意を示す。

「どんな悪さをしているんですかね」

「それは、これからの調べで明らかにしてゆくんだ」

これまでの調べでわかっているのは、伊勢右衛門がとにかく女好きであることだった。半端ではない。

五沢屋に婿に入ってしばらくはおとなしくしていたそうだが、義父が亡くなってからはやりたい放題だったそうだ。これまで金に飽かせて囲った妾というのは、数え切れないほどだという。

「その点はうらやましいな」

惣三郎は善吉にいった。

「俺なんか、女房しか知らねえからな」

「そうなんですよね。旦那は女と縁のない暮らしを強いられてきましたからね」

「知ったような口をきくんじゃねえ。女と縁がねえのは、おめえのほうじゃねえか」

「旦那、あっしは嫁取りができるんですかねえ」

情けなさそうにいった。

知るか、といいたかった。

「前にもいったが、こういうのは縁だ。おめえにもきっと縁があるだろう。必ず嫁が来てくれるはずだ」

「ありがとうございます」

善吉が深く頭を下げる。

「最近、旦那はやさしいですねえ。あっしは、本当に嫁取りができるような気になってきましたよ」

「大丈夫だよ。案ずるな」

惣三郎は善吉の肩を叩いた。

「それよりも、伊勢右衛門が女好きということは、一つ考えられることが出てきた」

「考えられることですかい。なんですかい」

善吉が興味津々にきく。

「松前屋のあるじの信右衛門には、美形の妾がいたな」

「ええ、確かおみえさんでしたね」

「飛躍しすぎかもしれねえが、伊勢右衛門がおみえをどうしても手に入れたかったとしてみると、どうだ」

　善吉が少し考える。

「つまり、松前屋のあるじを儲け話で引っかけたということですかい」

「なあ、考えられるだろう」

「ええ」

「松前屋を潰し、おみえを手に入れた。腹黒いやつがやりそうなことじゃねえか」

「じゃあ、船が沈んだというのは、嘘っぱちですかい」

「おそらくな」

「じゃあ、松前屋の三千両は、伊勢右衛門の懐におさまったということですかい」

「すっぽりとな。しかも、目論見通り、おみえも手に入れた。一挙両得ってのは、こういうのをいうんじゃねえのか」

　善吉が惣三郎をしみじみと見る。

「さすが旦那ですねえ。よく考えつきましたねえ」

「ふつうに頭を働かせれば、考えつく程度のものでしかねえよ」

「悪人だけに、悪人のことはお見通しってやつですね」

「誰が悪人だ」

「すみません。いい方をまちがえました。悪人らしい面をしているだけに、悪人の気持ちがよーくわかるんですね」

「おまえ、殺すぞ」

「すみません。もういいません」

「よし、許そう」

惣三郎は指先でかりかりと鬢をかいた。

「だが、どうすれば伊勢右衛門の悪行を暴きだせるかな」

「やはり、松前屋さん殺しから攻めるしかないんじゃありませんかい」

善吉があっさりといった。

惣三郎は目をみはった。

「おう、善吉。いいことをいうじゃねえか。その通りだ。そこを攻めていけばいいんだよな。——ああ、そうか」

惣三郎は、手のひらを打ち合わせた。ぱすと間の抜けた音がした。

まったく調子が悪くなるような音だぜ。昔からこうなんだよな。

「松前屋信右衛門は伊勢右衛門の悪行に気づき、しっぽをつかもうとして、元岡っ引の岳造に調べさせていたんだ。岳造は、一人では調べ切れねえってことで、手下だった政吉を使っていたんだ。政吉はまだ行方知れずだが、信右衛門、岳造とともに口封じされたにちげえねえ」

なるほどねえ、と善吉がいった。

「結びついてきましたね。旦那、さえていますねえ」

「おめえのおかげだ」

笑みは一瞬で引っこめて、惣三郎は考えこんだ。

「三人の口封じをしたということは、伊勢右衛門にはつかまれるしっぽがあるということだな」

「ええ、そういうこってすね」

「しかも、三人もの男を殺さなければならねえしっぽってことだ。よっぽどの悪行にちげえあるめえ」

惣三郎は五沢屋伊勢右衛門については、慎重に調べを進めることにした。下手に知られ、命を狙われてはたまらない。

重兵衛ほどの腕があれば、なにほどのこともなかろうが、せいぜい十手術を知っているだけだ。ものにしているわけではないし、剣術はからっきしである。

善吉とともに五沢屋のことを調べているうちに、伊勢右衛門の命で、大勢の人数が出て人を探しているのがわかった。女を探していた。

どうやら、伊勢右衛門の気に入りの妾が姿を消したらしかった。

その妾は、松前屋信右衛門をだまして手に入れたおみえという女のようだ。

妾宅におつきの女中も与えて、大事にしていたらしいが、おみえは尻をまくって逃げだしたらしかった。

まさかとは思うがな。

惣三郎の脳裏に浮かんでいるのは、白金村の一軒家に、新たに住みはじめたおたえという女である。

そのことを善吉にいってみた。

「でも旦那、あのきれいな人は、おたえという名でしたよ」

水茶屋の縁台に腰かけて、善吉がいう。

「おめえは馬鹿か」

惣三郎はあきれた。その拍子に、縁台がぎしと鳴った。

「男から逃げている女が、本名を使うわけがねえだろう」

善吉が頭のうしろをかく。

「旦那のいう通りですねえ。――それで旦那、これからどうしますかい」

「女の人相書をつくる」

「でも、あっしらはおみえさんの顔を知りませんよ」

惣三郎は、この男のめぐりの悪さにほとほとあきれた。頭を使うということをあまりしない。

「おみえがいた妾宅に行くんだ。まわりには人家だってあるだろう。おみえを目にした者もいるはずだ。そういう者の話をきいて、人相書をつくるんだ。それで、あのおたえという女にまちがいないということになったら、白金村に行きゃあいい。おたえから事情をきくんだ」

善吉が首をひねる。

「なんだ、なにを考えてる」

茶をぐびりと飲んで、惣三郎はたずねた。

「旦那は人相書を描けますよね」

「ああ、絵は得手だ」

「だったら、白金村のおたえさんの絵を描いて、おみえさんの妾宅のまわりの人に見せたほうが早いんじゃありませんかい」

がーん。

頭のなかで音が鳴り、惣三郎の口は閉じなくなった。

「旦那、どうかしましたかい」

「い、いや、どうもしねえ」

ようやく声にだせた。

「そ、そうだな。おめえがいうようにしたほうが早えな」

「さいでしょう」

善吉は得意げだ。

「旦那、少しは頭を使ったほうがいいですよ」

こいつ、殴ってやろうか。

惣三郎は拳に力を入れた。だが、約束だからということで、我慢した。

「旦那、おみえさんという女の妾宅はどこにあるんでしたっけ」

茶を飲み干して、善吉が問う。

「深川だな」

おみえを奪った伊勢右衛門は川向こうに住まわせたのだ。

「深川ですかい。遠いですねえ」

いま惣三郎たちがいるのは、鍛治橋《かじばし》を北に望む西紺屋町《にしこんやちょう》の茶店である。慶長の昔、藍染職人が集まって住んでいた町だ。目の前に堀があるが、それを北に行けば北町奉行所がある呉服橋がある。

西紺屋町のほかにも北紺屋町、南紺屋町とあるが、東紺屋町はない。神田のほうに東紺屋町があるらしいが、縄張でないために惣三郎は詳しいことは知らない。

伊勢右衛門があるじをつとめている五沢屋は、北紺屋町にある。西紺屋町から京橋川をはさんだ向かいだ。

惣三郎は顎の下をなでた。

「ふむ、深川は確かに遠いなあ。だからこそおみえは白金村を選んだのかな。深川から白金村というと、相当あるからな。追っ手もなかなかかからねえだろうし」

「さいですねえ。同じ江戸にいるはずなのに、仇討で仇のほうがなかなか見つからないのは、江戸が広くて、人が多いゆえでしょう」

「とにかくここで、おたえの人相書を描いちまおう」

惣三郎は矢立を取りだし、善吉から紙をもらってすらすらと描きはじめた。

「どうだ、こんな感じか」

「どれどれ」

善吉が人相書を手にして目を落とす。

「うまい。よく描けてますね。そっくりですよ、旦那」

「そうだろう」

惣三郎も茶を飲み干した。八文を支払って、茶店を出た。


永代橋を渡り、惣三郎と善吉は深川に足を踏み入れた。

深川に来るのは久しぶりだ。なかなか川向こうには行くことはない。

最後に来たのは、妻にせがまれて子供を連れて遊山に行ったときである。あれはもう一年半くらい前か。

また連れていってやるか。

そんなことを思いつつ、惣三郎は足を運び続けた。

おみえの妾宅は、霊巌寺の北に広がる田に接するような形で建っていた。かなり大きな家で、ぐるりを漆喰の塀が囲っている。優に十近い部屋があるのではないか。

こんな広い家に、おみえという女は女中と暮らしていたのだ。

「ねえ、旦那、そこにある霊巌寺というのは、霊岸島の名の元になった霊巌寺ですかい」

「そうだ。明暦の大火のあと、こちらに移ってきた寺だ」

霊巌寺は巨大な寺で、江戸六地蔵の五番目になっている。松平定信の墓所があることでも知られる。

「このあたりは、海辺大工町《うみべだいくちょう》になるんですかい」

善吉にきかれたが、惣三郎は首を振るしかない。

「俺にもよくわからねえが、そうじゃねえのかな」

惣三郎と善吉は、妾宅の近所できこみを行った。白金村のおたえの人相書を見せてまわった。

「ああ、この人はあの家に確かにいましたよ。ときおり女中さんらしい人と買い物に出ていました」

近所の女房の言葉だ。

「きれいな人ですからねえ、ええ、よく覚えていますよ。まちがいなくこの人でございます」

これは、おみえという女が買物に訪れた小間物屋の言である。

ほかの店でも、似たような声をきくことができた。

白金村のおたえがおみえというのは、もはや疑いようがなかった。

「やっぱり縄張はいいですねえ」

惣三郎と善吉は、白金村に向かっている途中である。ちょうど東海道を歩いていた。じきに浜松町というところだ。

「ああ、安心できるな。人の縄張は、尻がむずむずしやがる。まったく落ち着かねえ」

「それにしても旦那、元下っ引の政吉さんは本当に殺されちまったんですかね」

「ああ、まずな。逃げまわっているというのも否定できねえが、むずかしいんじゃねえかって気がしている」

「さいですかい」

「なにしろ元岡っ引の岳造と松前屋信右衛門がすでに殺された。最も一番前で働いていたはずの男が無事であるとは、さすがに思えねえ。生きていてくれたら、すごくいい話をきけるに決まっているんだが」

惣三郎たちは右に曲がり、白金村のほうへ道を取った。

だんだんと景色がのどかなものになってゆく。

緑が濃くなるにつれて、大気もうまくなってゆく。胸を大きくひらいて、深く呼吸をしたくなる。

「おみえさんは隠れ場所として、どうして白金村を選んだんですかね」

「風光明媚《めいび》だからな、そのあたりに惹かれたのかもしれねえ」

「前に訪れたことがあったのかもしれませんね」

「ああ、前の旦那の松前屋信右衛門とだな」

「ええ、さいですねえ。心にいつまでも残る甘い思い出があって、選んだのかもしれないですねえ」

「しかし、それだと危ねえな」

「なにが危ないんですかい」

「信右衛門のことを調べられると、白金村が浮かんできちまうからだ」

「ああ、さいですねえ」

善吉の顔にも危惧の色があらわれた。

「おみえさん、伊勢右衛門の馬鹿に連れ戻されちまうかもしれませんね。おみえさんがいるあの家は、誰のものなんですかね」

「村名主にきけばわかるが、あるいは松前屋のものかもしれねえ」

「潰れた店に家を持つ余裕がありますかね」

「潰れたが、白金村の家だけは手放さなかったのかもしれねえ。名義をおみえのものにしておけば、取られることはねえ」

「なるほど、その通りですねえ」

善吉が深い相づちを打った。

途中、権門《けんもん》駕籠とすれちがった。白金村からやってきたのか。

村には下屋敷が多いから立派な駕籠は珍しくないが、惣三郎はじろじろと見た。なにしろ駕籠についている者たちが、人相がいいとはとてもいえなかったからだ。

やくざ者といっていい連中だった。いや、紛れもなくやくざだろう。権門駕籠には似つかわしくない。

もし急いでいなかったら、駕籠に誰が乗っているのか、惣三郎は確かめていたかもしれない。

「なんか、いやな感じでしたね」

うしろを振り返って善吉がいう。

「ああ、目を血走らせていやがった」

惣三郎は足をとめ、足早に遠ざかってゆく駕籠を眺めた。

「あらためときゃ、よかったかな」

「今からでも追いかけますかい」

惣三郎は少し迷った。

「そうしてえが、今はおみえのほうだな。会って話をきかなきゃならねえ」

「わかりました。じゃあ、旦那、行きましょうか」

うむ、と返して惣三郎は白金村に通ずる道を急ぎはじめた。

たたた、と軽い足音を立てて、一人の男の子が惣三郎の脇を通り抜けていった。

見覚えがあった。

「おい、寅吉じゃねえか。そんなに急いでどこに行くんだ」

惣三郎は小さな背中に声をかけたが、寅吉は振り返らなかった。

「あの餓鬼、無視しやがった。くそっ、餓鬼にも相手にされねえなんて、俺はほんとに人気がねえな」

「旦那は人気、ありますよ。なにしろあっしは大好きですからねえ」

「おめえに好かれてもな」

「でも中間で同心の旦那になついているなんて、なかなかいませんよ」

「そういやそうだな」

「だから、もっとうれしがってください」

「ああ、うれしいよ」

「まったく気のない返事ですねえ。それに、旦那はもともと子供には好かれないじゃないですか」

「そんなことはねえよ」

小走りに道を急ぎつつ、惣三郎ははっきりと否定した。

「娘たちはずいぶんと慕ってくれているぞ」

「そりゃ娘さんだからですよ。犬が餌を恵んでくれる人になつくのと、たいして変わりないですよ」

「てめえ、殴るぞ。人の娘を犬と一緒にしやがって」

「たとえですから。気を悪くしないでください」

「悪くするだろ」

「娘さん以外に子供にもてたってことが、あるんですかい」

惣三郎は過去を振り返ってみた。

「そういえばねえな」

「そうでしょ。あっしも旦那が子供になつかれたところを見たこと、ないですもの」

「仕方ねえやな。子供にもてなくても、生きてゆくのに差し支えはねえ」

「さいですね。でも、女性にはもてたいですねえ」

「そうだな」

「なにか気のない返事ですねえ」

「もてたいと思っても、もてることはまずねえからな」

「重兵衛さんはもてますね」

「あいつはなにしろ顔がいい」

「性格もいいですよ」

「しかも腕が立つ」

惣三郎は唇をひん曲げた。

「なんか向かっ腹が立ってきた」

「あっしもですよ。重兵衛さん、いいところを独り占めじゃないですか」

惣三郎の視野に、十徳を羽織ってこちらに駆けてくる男の姿が入った。それが重兵衛に見えた。

「重兵衛のことをいったら、全部の男が重兵衛に見えちまう」

「河上さん、善吉さん」

向こうも認めて、声をかけてきた。

「旦那、本物ですよ」

「そのようだな」

惣三郎は、距離がほんの半間に迫ったところで足をとめた。

「どうした、重兵衛、ずいぶんと急いでいるじゃねえか」

はい、と重兵衛がいった。やはり、いい男としかいいようがない。声も澄んでいて響きがよかった。

なにがあったか、重兵衛が語る。

「なんだと」

惣三郎の声が引っ繰り返る。

「おたえがかどわかされて、駕籠に乗せられただと」

「ええ。手習子の寅吉の姿も見えないんですが」

「寅吉なら、この道を――」

惣三郎はいま来た道を指さした途端、寅吉がなにをしていたか、解した。

「あいつ、あの駕籠を追っていやがったのか」

「寅吉は無事なのですね」

「ああ、元気なものだった」

「駕籠はこの道を行ったのですね」

「そうだ」

そうか、あの駕籠にはおたえ、いや、おみえが乗せられていたのだ。

となると、あのやくざ者たちは、五沢屋伊勢右衛門に雇われた荒くれということか。駕籠を見たとき、ぴんとこなかった不明を惣三郎は恥じた。まったく俺って男はどうしようもねえな。役立たずだ。

惣三郎は今来た道を急ぎ戻りはじめた。重兵衛がついてくる。

「それから、おたえさんの家が焼かれました」

「それもさっきの連中の仕業だな」

だが、どうして火を放つ必要があったのか。すぐにひらめくものがあった。

「証拠を消したのかもしれねえな」

「証拠ですか」

重兵衛がきき咎める。

惣三郎は、これまでの探索で得たことすべてを語ってきかせた。

「そういうことだったのですか」

重兵衛は得心がいったようだ。

惣三郎は説明を続けた。

「松前屋信右衛門はおたえに、本名はおみえというんだが、おみえに五沢屋伊勢右衛門の悪行の証拠となるなにかを託したのかもしれねえ。それで、逃げだしたのかな」

走りつつ惣三郎は首をひねった。

「だが、どうしてそんな証拠となるものを持っているのに、御上に届けなかったのか」

「御上を信用していないからですかねえ、やっぱり」

惣三郎はうしろを走る善吉に目を当てた。

「どうして御上を信用しねえんだ」

「なにか苦い目に遭わされたとか」

「あり得るな」

惣三郎は顔をゆがめた。惣三郎自身、そんなことは決してしないが、ときに袖の下をもらって、調べを甘くする同心がいるのは紛れもない事実だ。

もしかしたら、松前屋信右衛門は詐欺《さぎ》にかかったことを町方に訴えたのかもしれない。

だが、それは結局、握り潰され、松前屋は潰れた。

そのことをおみえは目の当たりにしたのかもしれない。

だとすると、この前、家を不意に訪れた惣三郎を警戒の目で見たのも、至極当然のことにすぎない。

「証拠は燃えちまったかな」

惣三郎はつぶやいた。

「証拠が残っていれば、五沢屋伊勢右衛門を獄門に追いこむことがきっとできるのに」

「その五沢屋というのは、どんな悪行をしているのですか」

重兵衛がきいてきた。真剣な顔をしているのが、いかにもこの男らしい。ただ、一緒になって走っているのに、息一つ切らしていないのが腹立たしい。

惣三郎のほうは、もう走るのはやめよう、と胸の鼓動がいってきている。苦しくて、今にも心の臓が口から飛びだしそうだ。

三

前を行く惣三郎が足をとめた。

いかにも江戸らしい繁華な町に入って、だいぶたったときだ。このあたりが日本橋に近いのは、江戸の地勢に詳しいとはいえない重兵衛にもわかった。

五沢屋という扁額が、威圧するような大きな建物のまんなかに掲げられている。

米屋とはとても思えない。建物の横に米、と記された看板が出ており、それで米問屋とわかるが、まるで呉服屋の大店のような造りである。

すでに日は暮れかかろうとしており、最後の暗い光が、にじむように五沢屋にかかっていた。

　奉公人らしい者が帳面を手に、繁く出入りしている。

「一丁前に仕事をしてるじゃねえか」

　惣三郎が毒づく。振り向いて、重兵衛に視線を当ててきた。

「行くか」

「ええ」

「善吉、行くぜ」

　はい、と善吉が答えた。

　惣三郎が、紐で固定してある大きな暖簾をくぐった。善吉が惣三郎に寄り添うように動く。そのあとに重兵衛は続いた。

「伊勢右衛門はどこだ」

　惣三郎が一人の若い奉公人にいった。手代だろう。

「会わせろ」

「いせえもん、でございますか」

　戸惑ったように奉公人がきき返す。

「おめえらのあるじだよ」

ああ、と奉公人が声をあげる。

「とっとと会わせな」

「はい、承知いたしました」

広い土間になっており、朝顔の花のように奥に向かってすぼまる通路が続いている。土間は一面、むきだしの地面だが、きれいにならされた土が、てらてらとしたつやを帯びていた。

「待たせやがんな」

惣三郎がぼそりという。

「重兵衛、このまま行くか」

「はい」

手代が消えていったほうに重兵衛たちは歩を進めた。

庭に出た。行く手にいくつもの蔵があり、左手に店とはちがう建物があった。ここで五沢屋伊勢右衛門は妻や子と暮らしているのだろう。

先ほどの手代らしい奉公人が建物から出てきた。重兵衛たちを見て、あっ、と声をあげる。

「あ、あの、こちらにお入りになっては、こ、困ります」

「おめえは困るかもしれねえが、こっちはなんにも困らねえんだ」

惣三郎が手代をにらみつけた。肩を怒らせて善吉も同じようにしている。

「伊勢右衛門はどこだ」

「あ、あの、旦那さまはこちらにはおりません」

「どこに行った」

「手前にはわかりません」

「わかる者は」

「今はおりません。番頭さんにも知る者はおりませんでした。手前はお内儀にもうかがってまいりました。ご存じではありませんでした」

嘘をついているようには見えない。町方が訪ねてきたということで、この手代は泡を食って伊勢右衛門がどこにいるのか、必死に探し求めたのだ。

「別邸じゃねえのか」

「かもしれません。でも、別邸と一口に申しても、いくつもございます。それに、手前どもが存じあげない別邸もございまして。そちらに旦那さまがいらっしゃるのでしたら、手前どもにはお手上げにございます」

惣三郎が首をねじ曲げた。重兵衛と目が合う。

「どうする」

「仕方ありません。ここはいったん引きあげましょう」

「それしかねえな」

惣三郎が手代に顔を向けた。

「伊勢右衛門に会ったら、首を洗っとけって河上惣三郎という名同心がいっていたと伝えておけ」

「は、はい。承知いたしました」

その声を耳にして、重兵衛たちは五沢屋をあとにした。

通りに出たときには、すっかり夜のとばりが降りていた。それでも、行きかう人たちは数を減らしていない。あちこちの店に提灯が掲げられ、まだ客を誘おうとしている。そのために、あたりは夕方ほどの明るさを保っていた。

「いくつもある別邸の一つに、伊勢右衛門はいるようだな」

歩を進めつつ、惣三郎が憎々しげにいう。足をとめて振り返る。巨大な屋根が、星空を背景にうっすらと見えている。

「しかし、一介の米問屋がそこまで儲かるとは思えねえ。やはり裏で悪さをしているのはまちがいねえな」

重兵衛も同感だ。ただし、寅吉がどうしたのか、気にかかっている。なにごともなく無事でいてくれればいいが、と祈ることしか今はできない。

「米問屋のくせに、抜け荷でもしているのかもしれねえ。松前屋信右衛門をだましたとき、廻船のことを持ちだしたように、そのあたりのことは、ずいぶんと精通している感じがする。五沢屋について、もっと調べる必要があるようだな」

惣三郎が重兵衛にいった。

「そのようです」

「誰か詳しいのがいねえかな」

「まかせてよ」

不意にうしろから声が発せられた。女の声だ。

「お沙世どの」

重兵衛は見つめた。惣三郎が体を返し、お沙世の前に立った。

「おめえ、五沢屋に詳しいのか」

「私じゃないわ。私のおとっつあんよ」

「どうしておめえのおとっつあんが詳しいんだ」

「それはじかにききなさいよ」

「今すぐ会えるのか」

「向島にいるわよ」

「向島か。今から行くとなると、ぞっとするな」

肩をすくませた惣三郎が、冗談とも本気ともつかない言葉を口にする。

「おとっつあんにこっちに来てもらうことはできねえのか」

「無理よ。もう白髪の年寄りなのよ」

「よぼよぼなのか」

「まあ、そうね」

「仕方ねえ。行くしかねえか」

惣三郎が重兵衛と善吉を見る。

「行くか」

「もちろん」

重兵衛ははっきりと答えた。

惣三郎が首を横に振る。

「重兵衛、おめえは元気がいいなあ。少しもらいてえくらいだ」

「四の五のいってないで、さっさと歩きなさいよ」

わかったよ、と口にして惣三郎が歩きはじめた。善吉が提灯を懐から取りだし、手早く火をつける。惣三郎の前に出た。

重兵衛はそのあとに続いた。お沙世がすぐうしろを歩きだした。

「おぬし、ずっとつけていたのか」

「ええ、そうよ」

「手習所に戻れと申したではないか」

「私は重兵衛さんの女房ではないからね。女房ならあの言葉にしたがったけど」

お沙世がにこにこしていう。

「着いたわよ」

お沙世が惣三郎に向かっていった。

「なにも、こんな遠くに住まなくてもいいのにな。向島で暮らす連中の気持ちが知れねえよ」

惣三郎がぼやく。

「いつまでも泣き言をいってるんじゃないわよ。そんなんだから、出世できないのよ」

「手柄をあげようとなにしようと、同心はずっと同心のまんまなんだ。おめえ、そんなことも知らねえのか」

「知ってるわよ。江戸の者なんだから。でも今は株を買うって手があるでしょ。お金を貯めて与力株を買えばいいじゃない」

「馬鹿。あれは法度なんだ。同心に向かってそんなことを勧めるな」

「でも、実際に株を買って同心になっている人、いるじゃない。御番所自体、もうそんな状態なのに、与力株を買ったからって、つかまるとは思えないわ」

「ふむ、そうかもしれねえな」

惣三郎が考えこむ。ぶつぶつ独り言をいいはじめた。

「株を買って与力になる。ということは、竹内の馬鹿よりえらくなるってことだな。あいつをこき使うのも、夢でなくなるってことだよなあ。よし、ちっとがんばって金を貯めてみるか」

「考えがまとまったようね」

お沙世が惣三郎に笑いかける。

「じゃあ、入るわよ」

お沙世が格子戸の前に立った。

「お沙世のいう通りだ」

掏摸の頭である鉄之丞が湯飲みを手に、ぽつりといった。むろん、鉄之丞の正体は惣三郎には明かしていない。

「わしは五沢屋伊勢右衛門のことをうらんでいる」

「どうしてうらんでいるんだ」

惣三郎がすかさずきく。半分あいた庭側の障子から風が吹きこみ、座敷の蒸し暑さが少しやわらいだ。

「旦那はあっしの生業をご存じないが、ここはいっちまうか」

「生業か、知っているぞ。掏摸だろう」

惣三郎があっさりといったから、そこにいた者たちは驚いた。

「どうしてそれを」

「おまえさん、何度かつかまっているだろう。番所で見たことがある」

「さようでしたか」

むしろほっとしたように鉄之丞がいった。

「それならば、話は早い」

鉄之丞によると、伊勢右衛門から巾着を掏ろうとした手下が気づかれ、供の者に殴り殺されたという。

「殴り殺されただと」

「ええ」

「いつのことだ」

「半年ばかり前です」

鉄之丞が説明する。

「殺された手下のそばにいた、もう一人の手下の話ですが、伊勢右衛門が名の知られた料亭から出てきたところを狙ったんですよ。伊勢右衛門は酔い、上機嫌だったそうです。駕籠に乗りこもうとする直前、手下は酔っ払ったふりをして伊勢右衛門にふらりと近づいた。うまくいったと思った瞬間、伊勢右衛門に腕をつかまれ、巾着を取りあげられたあと、料亭の横の路地に連れこまれ、殴り殺されたそうです」

「遺骸はどうした」

「料亭裏の川に投げこまれて、それっきりですよ。哀れなもんです」

鉄之丞ががばっと畳に両手をつく。年寄りとは思えない体の動きだ。

「河上の旦那、五沢屋をなんとかしてください。よろしくお願いします。あっしは手下の無念を思うと、眠れなくなるくらいだった。手下のためにも五沢屋をなんとかしたかったが、あっしにはなにもできなかった」

　鉄之丞が重兵衛も見た。

「重兵衛さんにも頼む。五沢屋をなんとかしてくれるのなら、五百両はいらねえ」

「五百両。いってえなんのことだ」

　惣三郎がきいてきた。善吉も興味津々の目をしている。

「それはあとでお話しします」

　そうかい、といって惣三郎が鉄之丞に向き直る。

「五沢屋のこと、手下の仇を討とうとするくらいだから、詳しく調べたんだな」

「ええ、そりゃあもう」

「別邸がいくつかあるな」

「ええ、すべて伊勢右衛門のためのものですよ。全部で九つですぜ」

「九つ。そんなにあるのか」

「奉公人が知っているのが、そのうちの七つですね」

「おめえは残りの二つを知っているのか」

「むろん」

　鉄之丞が自信たっぷりに答えた。

「案内だってできますぜ」

「姿をくらましていた気に入りの妾が連れこまれたのは、どっちかな」

惣三郎が鉄之丞にたずねる。

「連れこんだっておっしゃいましたね。無理矢理にってことですかい、そいつは」

「そうだ。白金村にひそんでいたんだが、権門駕籠で連れ去られたんだ」

「権門駕籠ですかい。――そのまま駕籠で陸路をずっと行ったのか。そう考えれば、橋場《はしば》町《ちょう》か」

橋場町というと、上野の北のほうに当たる町ではないか。大川をはさんで、向島の対岸に当たる。田畑が広がり、白金村と同様にのどかな町のはずだ。

「だが、あそこまでずっと権門駕籠で行ったとはあっしには思えねえ。舟にその妾を乗せ替えたんじゃねえのかな。だとすると、亀戸《かめいど》清水町《しみずちょう》じゃありませんかね。あそこは舟なら一気に行ける場所だ」

「おめえは亀戸のほうだと思うんだな」

惣三郎が確かめる。

「ええ」

「この歳でまだ生きながらえている掏摸の勘を信じようじゃねえか」

惣三郎が勢いよく立ちあがる。善吉が続く。重兵衛も立った。

「よし、重兵衛、善吉、行くぜ」


一軒の瀟洒《しょうしゃ》な家が、すっぽりと覆い尽くした闇のなか、すでに視野に入っている。明かりがいくつも灯り、それがじんわりと夜を染めている。

「亀戸清水町っていったら、東側はもう亀戸村だものな。いくら舟を使ったとはいえ、ずいぶんと遠くまで来たって気になるぜ」

惣三郎が家を見つめつつ、いった。すでに距離は半町もない。

「でも旦那、舟だとやっぱり楽ちんですね」

「ああ、風に吹かれて気持ちいいしな」

「あんたたち、ずいぶんと余裕があるのね」

「余裕なんかねえよ」

惣三郎がお沙世にいった。

「重兵衛という腕達者がいるから、話ができるんで、もしこれが俺たちだけで飛びこむなんてことになったら、歯の根が嚙み合わないほどだろうぜ」

お沙世がくすっと笑う。鉄之丞も笑みを漏らした。

「なんだ、なにを笑ってやがる」

「あんた、町方の割にずいぶんと正直な男だなと思っただけよ」

「嘘をつくのは疲れるからな。見栄を張るのも同じだ。人間、正直にそして素直に生きるのが一番楽だものな」

「でも大勢の人は、なかなかそこに気づかないよ」

「俺だってこの歳になってようやくだ」

「河上の旦那、いくつなの」

「四十二ですよ」

善吉がすかさず答える。

「三十五だっていっているだろうが。この馬鹿」

重兵衛は別邸をじっと見ていた。多くの人がいるのがわかった。あのなかに寅吉もいるのではないか。つけているのを感づかれ、とらえられたか。

「重兵衛」

惣三郎に呼びかけられた。

「行くか」

「ええ。でも河上さん、なにも証拠がないのに、伊勢右衛門をつかまえることができるのですか」

「つかまえられねえ。しかし必ず証拠はつかむさ。どのみちやつは、家に火を放ってやがるからな。伊勢右衛門はきっと、やくざ者が勝手にやったというんだろうが、火付けだけでもう死罪だ。それよりもなによりも、俺は、伊勢右衛門という悪党の顔を一刻も早く見たくてならねえ」

惣三郎が腰の長脇差を手渡してきた。

「おめえはこれを使え。その脇差だけでも十分に強えだろうが、こっちのほうが戦うのにはずっといい」

「では、ありがたく」

重兵衛は腰に帯びた。さすがに刃渡りが二尺近くあるだけあって、ずしりとくる。

町方同心が帯びるものだから、刃引きだろうが、体に芯が通ったような気分になったのは確かだ。

裾をからげ、長脇差の下げ緒で襷《たすき》がけをした。汗が目に入らないようにするための鉢巻がないが、このくらいで十分だろう。手ぬぐいは手習所に置いてきてしまった。

「ほれ」

惣三郎が手ぬぐいをくれた。

「ちょっとなにするのよ」

お沙世がその手ぬぐいを横からひったくった。

「こんないつ洗ったかわからないような手ぬぐいで、鉢巻をしろっていうの。河上の旦那のせいで、私の大事な重兵衛さんが、目の病気にでもなったらどうすんのよ」

「なるか」

代わりにきれいな手ぬぐいをお沙世が差しだした。重兵衛はありがたく使わせてもらった。

善吉が重兵衛をぼんやりと見ている。

「善吉さん、どうかしたか」

「重兵衛、気にするな。こいつは、おめえのもてぶりがうらやましくてならねえだけだ」

重兵衛たちは別邸の門前に立った。門は立派な造りの格子戸だ。使われている木からしてちがう。一目で金がかかっているのが知れる。

「頼もう」

惣三郎が声を張りあげた。だが、誰も出てこない。別邸は沈黙を守っている。

惣三郎がいきなり格子戸を蹴った。一発では倒れず、二度、三度と蹴りを見舞った。四発目で格子戸が倒れこんだ。がしゃんと大きな音が夜空に響き渡ってゆく。

「河上の旦那、やるわね」

お沙世が感嘆の声をだす。

「すごいぜ」

鉄之丞もしわがれ声でいった。

「おめえらはここまでだ。あとは俺たちにまかせな」

「ええ、そうするわ」

「ほう、ずいぶんと素直じゃねえか」

「素直なのが、人間一番なのよ」

ふふ、と惣三郎が笑う。重兵衛も笑いを誘われた。

「よし、重兵衛、善吉、行くぜ」

重兵衛たちは邸内に足を踏み入れた。

静かなものだ。格子戸が倒れた音は確実に届いているはずだが、誰も姿を見せない。

母屋が見えている。

重兵衛たちは入口に近づいていった。

「玄関がつくってあるぜ」

あきれたように惣三郎がいった。

「まったく傲岸《ごうがん》な野郎だ」

重兵衛たちは玄関へ入ろうとした。

「なに用かな」

横合いから声がかかった。見ると、大木の陰に人が立っていた。距離は四間ほどだ。

「人探しだ」

重兵衛は人影にいった。

「誰だ、てめえは」

ふふふ、と人影が笑った。

「格子戸を蹴倒して入ってきた者に、屋敷のあるじがそんなことをいわれなきゃならないなんて」

「伊勢右衛門か」

「さよう」

伊勢右衛門はじっとこちらを見ている。

「人探しといわれたが、ここには手前しかおりません」

「そんなことはあるめえ。かどわかしたおみえがいるだろう」

「そんな女はいませんよ」

「家探しするぜ。なにしろおみえは住みかに火をつけられて連れ去られたんだ。おめえがじかに手をくだしたわけじゃねえだろうが、配下のやくざ者を使嗾《しそう》したというのがわかっただけで、獄門だな」

「手前は使嗾などしていませんよ」

「やくざ者にそのあたりはじっくりときいてみるさ。おめえの手下のようになって働いているやくざ者など、すぐに調べがつくだろうからな」

惣三郎がじりっと前に出る。

「それにおめえ、抜け荷もしているだろう」

伊勢右衛門は無言だ。

「否定もしねえか。ほしいのは、これじゃねえか」

惣三郎が懐から一枚の紙を取りだし、ひらひらさせた。

「なにやら符丁らしいものが書きつけてあるな。これは抜け荷の証拠だろう。これをおめえ、焼きたかったんじゃねえのか。おめえの名と松前屋信右衛門の名が入っているぜ」

いつの間にそんなものを手に入れたのか。重兵衛には驚きでしかない。善吉も知らなかったようで、呆然としている。

「おめえは抜け荷を松前屋信右衛門に勧めたんだよな。だが、船が沈没してすべてがぱあになったといった」

「その紙を見せていただけますか」

「無理だな」

惣三郎が懐にしまい入れた。

「大事な証拠だ」

「どこで手に入れたんです」

「専心寺だ。知っているか、おみえの家のすぐそばにある寺だ。おみえはあの寺に、仏像を寄進していた。そのなかにしまわれていた」

「町方が寺に入ったんですか」

「寺社方の許しさえもらえれば、町方だって入れるんだ。そのくらい知っているだろう。抜け荷の大事な証拠を手に入れるためだ、そのくらいの手続きは屁でもねえ」

すたすたと伊勢右衛門が近づいてきた。つりあがった目に細い鼻、分厚い唇が重兵衛の瞳に映りこむ。

刀を帯びていた。惣三郎を間合に入れるや、抜刀した。刀を払ってきた。

「危ない」

重兵衛は惣三郎を突き飛ばした。同時に長脇差を抜いた。

伊勢右衛門と対峙《たいじ》する。

なかなか遣える。町道場で習ったとも思えないから、遊びで刀を振っていたのか。相当、筋がよい。

「てめえの足はもう消えかかっているぜ」

惣三郎が伊勢右衛門に向かっていった。

「寿命が尽きかかっているってことだ。わかるか」

伊勢右衛門が刀を振るってきた。相当の業物だ。金にものをいわせて手に入れたのだろう。

重兵衛は軽く足を運んでよけた。長脇差を伊勢右衛門の左肩に向かって振りおろした。がつっと音がした。それだけで伊勢右衛門は刀を取り落としそうになった。だが、まだがんばろうとしている。

重兵衛はまた長脇差を振るった。今度は伊勢右衛門の右手首を打った。刀がこぼれ、地面に転がった。

懐に左手を入れ、伊勢右衛門が匕首を取りだす。左手のみで鞘から抜こうとしているが、うまくいかない。

重兵衛は長脇差を胴に振った。鈍い音がし、伊勢右衛門が体を折った。匕首が地面に力なく落ちてゆく。

「踏ん縛れ」

惣三郎が善吉に命じた。

「合点承知」

善吉が瞬く間に縛りあげた。伊勢右衛門は身動き一つできない。

重兵衛はそれを見てから母屋に入りこんだ。うしろを惣三郎が追ってくる。

「重兵衛、証拠の紙が気にならねえか」

「なります」

「見せてやろう」

惣三郎が懐から紙を取りだした。

「こいつだ」

そこにはおみえの顔が描かれていた。

「やつは馬鹿な野郎だな、あっさりと引っかかりやがった」

たいしたものだ、と重兵衛は感心した。

おみえはすぐに見つかった。奥座敷に縛られて横たわっていた。その横に寅吉もいた。

同じように縛《いまし》めをされていた。

重兵衛はしゃがみこみたくなるくらいの安堵を覚えた。

二人の縛めを取る。おみえのほうは惣三郎が受け持った。

「おっかさん」

体が自由になると同時に、寅吉がおみえに抱きついた。

おみえが寅吉をぎゅっと抱き返す。涙を浮かべている。

そっと離した。

「寅吉ちゃん、でも私はあなたのおっかさんじゃないの。こんなにかわいい子の母親だったらどんなにいいかと思うけど、残念ながらちがうのよ」

「ううん、おっかさんだよ」

寅吉がまた抱きつく。

「ごめんね」

それからおみえはひたすら謝るだけだった。

五沢屋伊勢右衛門は、北国の廻船問屋を通じて、水銀の抜け荷を行っていた。それを米の搗《つ》き屋《や》に卸していた。

水銀には米の照りをよくする力がある。これは、御上によって禁令がだされていた。

伊勢右衛門は獄門になることが決まった。それは証拠があがったからでもあった。一度、白金村のおみえのもとに松前屋信右衛門がやってきたという。一枚の紙をおみえに託した。もし自分が殺されたら、これを御上に届けてくれ、と。

これが村人に見られ、おみえは囲い者だったという噂が立ったのだろう。

中身を見たが、おみえにはわからなかった。それで白金村の総鎮守である氷川神社の二の鳥居の下に、油紙で二重に包んで埋めたという。

掘ってみると、確かに紙が出てきた。

なかには符号が書かれていた。唐薬種《からやくしゅ》と記されていたが、水銀であるのはまちがいなかった。

伊勢右衛門の持ついくつかの別邸から、おびただしい量の水銀が出てきたのである。別邸は妾のためではなく、水銀を隠しておくための蔵でしかなかった。

すべては落着した。

お沙世は白金村で、遊山の客を目当てに食い物屋をひらくことになった。頭が援助をしてくれるといったらしいが、断ったそうだ。自分の力でやり抜きたい。汚い金とかそういうことではなく、今は人の力は借りたくない。

店の名は、とりあえず加代に決まった。偽名だからすぐに変えることになるかもしれないと、お沙世は笑っていた。

義之助が手伝うことになっているそうだ。そのことをお沙世は意外にうれしそうに語ったものだ。

重兵衛ははなむけに『餅菓子即席増補手製集《もちがしそくせきぞうほてせいしゅう》』という書物を贈った。『東海道中膝栗毛』の作者である十返舎一九《じっぺんしゃいっく》が著した本である。餅菓子のつくり方が説いてある。この前麻布本村町に行ったとき、購った二冊のうちの一冊だ。

「楽しみですね」

おそのが両手を合わせていう。

「お沙世どのの料理屋だな」

「ええ、どのくらい包丁が達者なのか、ようやく知ることができます」

お沙世が手習所の外に出てくれて、おそのはほっとしている。

それは重兵衛も同じだった。

上空をのどかにとんびが舞っている。どこからか子供の元気な声が届いている。

九つの鐘が響いてきた。

「おなかが空いたね。蕎麦切りでも食べに行こうか」

はい、とおそのが笑顔でうなずいた。笑顔は陽射しを集めたように光り輝いていた。

本書は書き下ろしです。

中公文庫

手《し》習《ならい》重《じゅう》兵《べ》衛《え》

母《はは》恋《こ》い

2009年10月25日　初版発行

著　者　鈴《すず》木《き》英《えい》治《じ》

発行者　浅海　保

発行所　中央公論新社

〒104-8320　東京都中央区京橋2-8-7
電話　販売 03-3563-1431　編集 03-3563-3692
URL http://www.chuko.co.jp/

印　刷　三晃印刷

製　本　小泉製本

Printed in Japan　ISBN978-4-12-205209-3 C1193

定価はカバーに表示してあります。
落丁本・乱丁本はお手数ですが小社販売部宛お送り下さい。
送料小社負担にてお取り替えいたします。

各書目の下段の数字はISBNコードです。978－4－12が省略してあります。

中公文庫既刊より

す-25-1
手習重兵衛　闇討ち斬
鈴木英治
手習師匠に命を救われた重兵衛。ある日、師匠が何者かによって殺害されてしまう。仇を討つべく立ち上がった彼だったが……。江戸剣豪ミステリー。
204284-1

す-25-2
手習重兵衛　梵鐘
鈴木英治
手習子のお美代が行方不明に。もしやかどわかされたのでは⁉　必死に捜索する重兵衛だったが……。書き下ろし剣豪ミステリー。シリーズ第二弾！
204311-4

す-25-3
手習重兵衛　暁闇
鈴木英治
兄の仇を討つべく江戸に現れた若き天才剣士・松山輔之進。狙うは、興津重兵衛ただ一人。迫り来る危機に重兵衛の運命はいかに⁉　シリーズ第三弾！
204336-7

す-25-4
手習重兵衛　刃《やいば》舞《まい》
鈴木英治
手習師匠の興津重兵衛は、弟を殺害した遠藤恒之助を討つため厳しい鍛錬を始めた。ようやく秘剣を得た重兵衛の前に遠藤が現れる。闘いの刻は遂に満ちた。
204418-0

す-25-5
手習重兵衛　道中霧
鈴木英治
自らの過去を清算すべく、郷里・諏訪へと発った興津重兵衛。その行く手には、弟の仇でもある遠藤恒之助と謎の忍び集団の罠が待ち構えていた。書き下ろし。
204497-5

す-25-6
手習重兵衛　天狗変
鈴木英治
家督放棄を決意して諏訪に戻った重兵衛だが、身辺には不穏な影がつきまとう。その背後には諏訪家取り潰しを画策する陰謀が渦巻いていた。〈解説〉森村誠一
204512-5

す-25-7
角右衛門の恋
鈴木英治
仇を追いつづけること七年。小間物屋の娘・お梅との出会いが角右衛門の無為の日々を打ち破った。江戸に横行する辻斬りが二人の恋の行方を弄ぶ。書き下ろし。
204580-4

す-25-8

無言殺剣 大名討ち

鈴木英治

譜代・土井家の城下、古河の町に現れた謎の浪人。剣の腕は無類だが、一言も口をきくことがない。その男のもとに、恐るべき殺しの依頼が……。書き下ろし。

204613-9

す-25-9

無言殺剣 火縄の寺

鈴木英治

関宿城主・久世豊広を惨殺した謎の浪人は、やくざ者の伊之助を伴い江戸へ出る。伊之助は兄二人と再会を果たすものの、三兄弟には浪人を追う何者かの罠が。

204662-7

す-25-10

無言殺剣 首代一万両

鈴木英治

懸賞金一万両。娘夫婦の命を奪われた古河の大店・千宏屋は、身代を賭けて謎の浪人の命を奪おうとする。屈折した親心はさらなる悲劇を招く。書き下ろし。

204698-6

す-25-11

無言殺剣 野盗薙《な》ぎ

鈴木英治

突如江戸を発ち、中山道を西へ往く黙兵衛・伊之助一行。その目的を摑めぬまま、久世・土井家双方の密偵も後を追う。一行を上州路に待ち受けるのは……。

204735-8

す-25-12

無言殺剣 妖気の山路

鈴木英治

中山道を西へ向かう音無黙兵衛ら三人。難所続きの長旅の疲れで、足弱の初美は熱を出す。遅れる一行に、さらなる討っ手が襲いかかり、妖しの術が忍び寄る。

204771-6

す-25-13

無言殺剣 獣散る刻《とき》

鈴木英治

伊賀者の襲撃をかいくぐり、美濃郡上に辿り着いた音無黙兵衛一行。そこに現れたのは、かつて黙兵衛と死闘を演じた久世家剣術指南役・榴山佐十郎だった。

204850-8

す-25-14

郷四郎無言殺剣 妖《あや》かしの蜘蛛《くも》

鈴木英治

音無黙兵衛、西へ。目的地は京か奈良か。その行く手には、総がかりで迎え撃つ伊賀者たち。さらに謎の幻術師の魔手が。書き下ろし時代小説シリーズ、第二部開幕。

204881-2

す-25-15

郷四郎無言殺剣 百忍斬《ひゃくにん》り

鈴木英治

郡上の照月寺に匿われていた初美が出奔した。一方、奈良に進路をとった黙兵衛・伊之助は、幻術師・春庵を擁する忍びたちの本国・伊賀を、突破できるのか。

204951-2

各書目の下段の数字はISBNコードです。978－4－12が省略してあります。

す-25-16
郷四郎無言殺剣 正倉院の闇
鈴木英治
奈良に入った黙兵衛こと菅郷四郎と伊之助は、側用人・水野忠秋がかつて正倉院宝物の流出により、巨富を蓄えていたことを知る。シリーズいよいよ佳境へ。
205021-1

す-25-17
郷四郎無言殺剣 柳生一刀石《いっとうせき》
鈴木英治
御側御用取次・水野忠秋による悪行の証拠を摑んだ黙兵衛のもとに、荒垣外記からの書状が届く。そこには「一刀石で待つ」と記されていた。シリーズ完結。
204984-0

た-58-2
御隠居忍法
高橋義夫
間諜・伊賀者の子孫であり昌平坂学問所の秀才・鹿間狸斎が訪れた奥州の山村。そこには奇妙な事件が渦巻いていた。人気シリーズ開幕！〈解説〉大野由美子
203781-6

た-58-3
御隠居忍法 不老術
高橋義夫
伊賀者の子孫鹿間狸斎は奥州の隠居所に帰ったが、そこには新たな事件が待ち受けていた。神隠し、消えた死体、天領と小藩を巡る陰謀の行方は？
203911-7

た-58-4
御隠居忍法 鬼切丸
高橋義夫
奥州寒村の隠居所に暮らす伊賀者の子孫、元お庭番の鹿間狸斎を待ち受ける、次々と起こる難事件。狸斎のとぎすまされた気と技がこの世の悪を断つ！
204002-1

た-58-5
御隠居忍法 唐船番
高橋義夫
奥州寒村の隠居所に暮らす伊賀者の子孫、元お庭番の鹿間狸斎は、旧知の人物の生死を確認する密命を受けたことから「抜け荷」をめぐる騒動に巻き込まれ……。
204550-7

た-58-8
御隠居忍法 亡者の鐘
高橋義夫
奥山の寺で鐘が鳴る……。住職の血を吸った鐘楼に隠された謎とは？　家督を子に譲り、奥州は笹野に住み着いた伊賀者、元御庭番・鹿間狸斎見参！
205059-4

も-26-1
恋ほおずき
諸田玲子
浅草田原町の女医者。恋の痛みを癒すため、時には堕胎を施すこともある彼女は、あろうことか女医者を取り締まる同心との恋に落ちてしまう。〈解説〉縄田一男
204710-5